国家社科基金重大项目「历代词籍选本叙录、珍稀版本汇刊与文献数据库建设」（16ZDA179）

烟霞

追

春烟翠

远影

琵琶

寒

春水

荒苔

名家撷芳 | 陈斐 主编

蔡桢 / 编选
张响 / 整理

作法集评
唐宋名家词选

江西教育出版社
JIANGXI EDUCATION PUBLISHING HOUSE
·南昌·

赣版权登字-02-2023-138

版权所有 侵权必究

图书在版编目（CIP）数据

作法集评唐宋名家词选 / 蔡桢编选；张响整理. ——
南昌：江西教育出版社,2024.8
（名家撷芳 / 陈斐主编）
ISBN 978-7-5705-2942-1

Ⅰ.①作… Ⅱ.①蔡… ②张… Ⅲ.①唐宋词–选集
Ⅳ.①I222.84

中国版本图书馆CIP数据核字（2021）第278682号

作法集评唐宋名家词选
ZUOFA JIPING TANG-SONG MINGJIA CIXUAN
蔡　桢／编选　张　响／整理

江西教育出版社出版
（南昌市学府大道299号　邮编：330038）

各地新华书店经销
江西赣版印务有限公司印刷
787毫米×1092毫米　　32开本　　8印张　　115千字
2024年8月第1版　　2024年8月第1次印刷

ISBN 978-7-5705-2942-1
定价：45.00元

总序

　　小时候，在课堂上听老师憧憬共产主义社会，最神往心醉的是：在这个社会中，每个人都可以得到自由而全面的发展，以往人们被分工压抑的才华和爱好将得到尽情释放。人们有可能"凭自己的兴趣今天干这事，明天干那事，上午打猎，下午捕鱼，傍晚从事畜牧，晚饭后从事批判"。

　　而随着科学技术的发展，特别是人工智能的突飞猛进，机器可以替代人做越来越多繁重重复、创造性不高的工作，人的生存成本大大降低，逐渐有足够的时间可以投入自己感兴趣的活动。职是之故，社会上喜欢并探究哲学、史学、文学、医学、艺术、宗教等领域的朋友越来越多，而且越来越年轻化。我们不用像父辈或祖辈那样，只有等到退休，才能重温被生计压抑多年的"少年梦"。

　　这是社会进步、生活水平显著提升的标志。心理学家马斯洛将人的需要从低到高划分为生理、安全、情感与归宿、尊重、审美、自我实现等层次，认为人只有满足了低层次的需要，才会重点关注高层次的需要。这个洞见揭示了大多数人通常状态下的心理特点，颇为深刻！爱好、梦想往往是超功利性质的，与自我实现密切相关，而且通向生活幸福、人生意义等终极命题。今天，国人越来越有闲暇发展爱好、实现梦想，确实是值得大书特书、可喜可贺的事啊！

不过，"鹪鹩巢于深林，不过一枝；偃鼠饮河，不过满腹"（《庄子·逍遥游》），我们即使富可敌国、随心所欲，也难以尝尽天下所有的美食、赏尽世上所有的风景、读尽人间所有的书籍。姑且不论时间、精力有限的我们根本做不到，即使做到了，也可能觉得有些美食、风景、书籍不过尔尔，当不起我们的尝试。诚然，今天的美食家、资深驴友可以为大众推荐美食、风景的榜单，但是书籍怎么办？回望历史，古人早已想到了弥补这种遗憾的妙招——那就是编辑选本。心有同好，口有同嗜，那些由在相关领域精耕细作、识高见卓的名家泰斗编选，又经过一代代读者阅读检验的经典选本，往往能够"删汰繁芜，使莠稗咸除，菁华毕出"（《四库全书总目提要》卷一八六）。阅读这些著名选本，可以使我们更高效、更直接地享受该领域的精华成果。

本丛书即致力于整理名家泰斗编选、评注的经典选本。鉴于当前对诗词、国学感兴趣的朋友比较多，拟先从这些领域做起，逐渐拓展开来。

亲爱的读者朋友们，如果这些由名家赏鉴、采撷的一束束幽芳，有助于唤回您粉红的"少年梦"，让您感受到人间值得、山河大好，那我们就心满意足了。

是为序。

陈斐

壬寅霜降前二日于京华乐闲堂

前言

蔡嵩云（1883—1948？），名桢，一作祯，字嵩云，又作松筠，号柯亭，江西上犹人。早年求学于两江优级师范学堂，为清道人李瑞清弟子。初治农学博物，后致力中国文学，尤工于词。三十年代初，与卢前、邵瑞彭等人同执教于河南大学，后因病返回金陵。抗日战争期间隐居扬州。蔡嵩云以词学名家，与结交者多为词界名流。著述亦较丰，内容涉及农学博物及词学。前者作于早年，如用作中学教材的《家庭细菌学》《矿物之观察及实验》《自然研究校外教授实施法》《自学辅导化学实验法》等；后者为其专力所在，有《柯亭长短句》《词源疏证》《乐府指迷笺释》《柯亭词论》《作法集评唐宋名家词选》等。

《作法集评唐宋名家词选》本为蔡嵩云执教河南大学时期的词选讲稿，中经事变，其稿幸存。后得友人之助，略加诠次，删以成编。然未见刊印，其稿本今藏南京图书馆。是编全书分上中下三卷，按时代编次，上卷为唐五代，中卷北宋，下卷南宋。所选唐五代两宋词人词作凡76家218首。其中，唐五代13人40首，北宋27人89首，南宋36人89首。选录词作数量以周邦彦居首，计17首。5首以上者，依次为辛弃疾和吴文英各12首，柳永9首，温庭筠8首，李煜、冯延巳、欧阳修、苏轼、贺铸、姜夔各7首，张炎6首，韦庄、晏殊、秦观、王沂孙各5首。所选词人，各附作者小传，所选词作，各集古今名家评骘，如谭献、陈廷焯、陈洵等，而以其《柯亭词评》缀于末。《柯亭词评》计168则，笔者已将其辑录，发表于《词学》第30辑。征引名家词评次数10次以上者，以谭献居首，计56次。其次为陈廷焯45则，周济32则，黄苏31则，陈匪石23则，王闿运18则，王国维17则，陈洵15则，许昂霄15则，况周颐14则，刘熙载11则，贺裳10则，张惠言10则。

《作法集评唐宋名家词选》是一部以"词之作法"为标准编纂的词选。正如蔡嵩云在例言中所说："所选各名家词，以作法昭著，可供学子取则者为准，故与其他选本微有不同。"且征引的词评和蔡氏评语，均以探讨词之作法为主。两宋词人中，以柳永、周邦彦、吴文英等最讲词法。对此，蔡嵩云评曰："盖词之最初，本无所谓法，耆卿出而词法始立，美成出而词法始密。今细绎《乐章》《清真》二集作法便见。盖耆卿词最有法度，美成家法实出耆卿，又独能发挥而光大之，故其词法冠绝诸家。"故周邦彦的词作入选最多。后世词评家，以谭献、陈廷焯、周济、陈洵等善谈词法。对此，蔡嵩云亦有揭示："谭复堂据古文笔法以评周氏《词辨》，发现古名家词多少作法，于其奇正、虚实、抑扬、开合、工易、宽紧之故，一经指出，头头是道，是真能以金针度人者。近年陈述叔《海绡翁说词》，选评清真、梦窗二家，于其用笔之道，阐发尽致，不惟使用事下语太晦人不易晓之梦窗词，变为平易可诵，而于循梦窗以达清真之途径，亦历历可寻。似此评词，可谓自宋以来所未有。"故谭献、陈洵等人的评语征引较多。蔡嵩云本人论词，也一贯重视词法。收入《词话丛编》的《柯亭词论》，对此多有论述。而是编所附《柯亭词评》，则讨论得更为详细。总之，从词作的选录，到词评的征引，再到蔡氏本人的评论，无不都是以"作法"作为标准的。

《作法集评唐宋名家词选》是一部以"授人以法"为目的编纂的词选。是编本为词选讲稿，其目的即所谓"可供学子取则者为准""所以诏示诸学子者也"。蔡嵩云论词法，重点有三。其一，重视章法。蔡氏云："词之作法，炼字炼句外，尤贵炼章。"具体表现在词之前后遍语句之承接，脉络之贯串，意境之统一。如评朱敦儒的《孤鸾·早梅》一词云："笔意均在'早'字上盘旋，故下字皆有分寸……无处不见字法。"评柳永《望海潮》（东南形胜）一阕云"章法整齐，句法雄浑，在柳词中为别格"，评张志和《渔歌子》（西塞山前白鹭飞）云"脉络贯串，妙造自然"，评晏殊《浣溪沙》（一曲新词酒一杯）云"'小园香径'与前'旧亭台'境界统一"。其二，强调义法。蔡氏认为，"古文辞有义法，词亦有义法"，强调"言有物、有序、有则"。蔡氏以此教授诸生，"念当时说词，屡以词之义法诏示诸子，俾成为有物、有序、有则之言"。在蔡嵩云的指导下，诸生习作课卷，并有《夷门乐府》之刊。蔡氏认为，"有物之言，虽尚有待，亦既有序有则，斐然成章矣"。蔡氏评词重义法，如评辛弃疾《摸鱼儿》（更能消）云："此词开阖动荡，纯以古人笔法为之。"其三，主张不法之法。蔡嵩云并没有为词法所限，他认为，"盖词之最初，本无所谓法，耆卿出而词法始立，美成出而词法始密"，"其实各家词，莫不各有家法。所谓情至文生，文成法立，不言法而法自具"。这就形成了较为通达的词法观，"故东坡、少游，有东坡、少游之作法，子野、方回，有子野、方回之作法。推而至于珠玉、六一、小山，有珠玉、六一、小山之作法。再推而至于金荃、浣花、二主、阳春，有金荃、浣花、二主、阳春之作法"。以此选词，自能跳出门户之见。此外，值得强调的是，蔡嵩云在重视词法的同时，也不忽略作旨。所谓作旨，即作词贵有意义，"必如屈子之骚、少陵之诗，忠爱之忱，溢于言表，所见乃大"，"他如南宋人摅怀咏物之词，无处不寓家国之感。手写此而目注彼，亦可谓之有意义"。

《作法集评唐宋名家词选》，以"词之作法"为选词标准，是词选中较有特色的一类。蔡嵩云重视章法、强调义法、主张不法之法，为初学填词提供了切实可行的门径。是编所附《柯亭词评》评词之作法，能切中肯綮，体现蔡氏独到的词学见解。其评词方式，又与陈洵《海绡翁说词》、陈匪石《宋词举》一道，开后世词作艺术鉴赏之先河。

张响

2021 年 9 月 18 日

例言

　　词发源于唐而发扬于宋。两宋词学，盛极一时。然论及词之作法者，仅沈伯时《乐府指迷》及张玉田《词源》等书。《乐府指迷》云："作大词，先须立间架，将事与意分定了。第一要起得好，中间只铺叙，过处要清新。最紧是末句，须是有一好出场，方妙。小词只要些新意，不可太高远，却易得古人句，然亦要炼句。"《词源》云："作慢词看是甚题目，先择曲名，然后命意。命意既了，思量头如何起，尾如何结，方始选韵，然后述曲。最是过片，不要断了曲意，须要承上接下。如姜白石词云：'曲曲屏山，夜阑独自甚情绪。'于过片则云：'西窗又吹暗雨。'此则曲之意脉不断矣。"观此，可见前人作法一斑。

　　词之作法，炼字炼句外，尤贵炼章。刘融斋《艺概》云："词以炼章法为隐，炼句法为秀。秀而不隐，是犹百琲明珠，而无一线穿也。"初学炼章，先须注意三事：

第一，前后遍内语句之承接，须谨守法度，切勿但求藻采，随意拼凑。则词成后，方能竟体一气卷舒。

第二，前后遍须有脉络贯串，全章语句能互相连系，方无散漫之嫌。

第三，前后遍须求意境统一，全章语句能彼此照应，方免支离之病。

《词源》云："词之语句，太宽则容易，太工则苦涩。如起头八字相对，中间八字相对，却须用功着一字眼。若八字既工，下句便合稍宽，庶不窒塞。约莫宽易，又着一句工致者，便觉精粹。"又云："词中句法，要平妥精粹。一曲之中，安能句句高妙，只要相搭衬副得去，于好发挥笔力处，极要用功，不可轻易放过，读之使人击节可也。"此均论语句承接，然不过其中之一端。陆辅之《词旨》云："制词须布置停匀，血脉贯穿。过片不可断意，如常山之蛇，救首救尾。"观此，则前后遍宜如何使之发生关系，则脉络尚矣。《词源》又云："词既成，试思前后之意不相应，即为修改。"前后意不相应，乃犯不统一之病。一词中前后各自为遍，一遍中前后各自为句，焉有情致可言？焉得成为佳构？每阕三遍或四遍之词，尤宜注意以上三者。

古名家词，大都顺理成章，平易可诵。后人作，反多扞格难通。再三读，尚有不明其意旨所在者。即讲作法与不讲作法之分耳。

昔人谓北宋初期慢词，有佳句而乏佳章，语不尽然。词法之超妙，实首推北宋，非南宋所及也。盖词之最初，本无所谓法，耆卿出而词法始立，美成出而词法始密。今细绎《乐章》《清真》二集作法便见。盖耆卿词最有法度，美成家法实出耆卿，又独能发挥而光大之，故其词法冠绝诸家。《乐府指迷》称清真词下字运意皆有法度，信然。其实各家词，莫不各有家法。所谓情至文生，文成法立，不言法而法自具。一切文体皆然，词亦何独不然。故东坡、少游，有东坡、少游之作法，子野、方回，有子野、方回之作法。推而至于珠玉、六一、小山，有珠玉、六一、小山之作法。再推而至于金荃、浣花、二主、阳春，有金荃、浣花、二主、阳春之作法。未经发见，但觉一片渺茫。一经明眼人指出，则柳暗花明，境界毕现矣。

言有物、有序、有则，古文辞然，词亦然。故古文辞有义法，词亦有义法。自谭复堂据古文笔法以评周氏《词辨》，发见古名家词多少作法，于其奇正、虚实、抑扬、开合、工易、宽紧之故，一经指出，头头是道，是真能以金针度人者。近年陈述叔《海绡翁说词》，选评清真、梦窗二家，于其用笔之道，阐发尽致，不惟使用事下语太晦人不易晓之梦窗词，变为平易可诵，而于循梦窗以达清真之途径，亦历历可寻。似此评词，可谓自宋以来所未有。惟看词方法，人人眼光不必尽同。是编既为作法集评，谭、陈二家，当然选列。其古今各名家评骘，有见解透辟，深入而能显出者，长言片语，均有采录。而以拙作《柯亭词评》附焉。

初学作词，必先知看词。看词之法，首重分析。所谓分析，即分析其作法与作旨是也。能洞见前人工拙，方能发见己作短长，而加以改进。词不外抒情、写景，景有情中景，情有景中情，融情入景，融景入情，二者交融，最为上乘。所谓作旨，即作词贵有意义。男女怨慕之辞，友朋赠答之章，赏花对酒之篇，吟风弄月之什，未尝全无意义，但所见犹小。必如屈子之骚、少陵之诗，忠爱之忱，溢于言表，所见乃大。王观堂云："尼采谓一切文学，余爱以血书者。后主之词，真所谓以血书者。宋道君皇帝《燕山亭》词，亦略似之。然道君不过自道身世之感，后主则有释迦、基督担荷人类罪恶之意，其大小不同。"此意内言外之词，所谓最有意义者也。他如南宋人撼怀咏物之词，无处不寓家国之感。手写此而目注彼，亦可谓之有意义。

本编为河大国文系词选讲稿。所选各名家词，以作法昭著，可供学子取则者为准，故与其他选本微有不同。太白《菩萨蛮》《忆秦娥》二词，真伪不无疑问。然作法超绝，自来词家，均目为冠绝古今之作。吴子律《莲子居词话》云："唐词《菩萨蛮》《忆秦娥》二阕，花庵以后，咸以为出自太白。然太白集中不载。胡应麟《笔丛》疑其伪托，不为无见。谓详其意调绝类温方城，殊不然。如'暝色入高楼，有人楼上愁''西风残照，汉家陵阙'等语，神理高绝，却非《金荃》手笔所能。"刘融斋《艺概》云："梁武帝《江南弄》、陶弘景《寒夜怨》、陆琼《饮酒乐》、徐孝穆《长相思》，皆具词体，而堂庑未大。至太白《菩萨蛮》之繁情促节，《忆秦娥》之长吟远慕，遂使前此诸家，悉归环内。"《蕙风词话》亦云："胡元瑞斥太白二词为伪作，姑勿与辨。试问此伪词孰能作，孰敢作。未必两宋名家克办。"本编所取，只在作法，不重考据，故仍以二词冠诸编首。

民国二十二年癸酉春日

蔡嵩云写于河南大学之西斋

点校说明

（一）此次点校，以南京图书馆藏《作法集评唐宋名家词选》稿本为底本，上卷参校《全唐五代词》，中卷和下卷参校《全宋词》，各于词后出校记，前置【校记】字样。

（二）原书为繁体竖排，现改为简体横排。繁体字、异体字改为通行、规范的简体字，以最新版《现代汉语词典》（第7版）为准。明显错误则径改，不出校。

（三）关于标点符号，在尽量遵照原书断句的基础上，按照新国标《标点符号用法》（GB/T 15834—2011）重新标点。

（四）原书作者小传以双行小字接作者名后，现另起一行。

（五）原书词题或词序以双行小字接词牌名后，现词题仍接词牌，词序另起一行。

（六）集评部分所引文字与原书略有差异，为保留原貌，不出校记，并前置【集评】字样。

目录

总序

前言

例言

点校说明

唐五代

北宋

南宋

唐五代

李白

字太白，蜀人。一云山东人。供奉翰林。

菩萨蛮 [一]

平林漠漠烟如织。寒山一带伤心碧。暝色入高楼 [二]。有人楼上愁。　　玉梯空伫立。宿鸟归飞急。何处是归程 [三]。长亭更短亭 [四]。

【校记】

[一]《全唐五代词》于词牌后标"中吕宫"。

[二] 暝　《全唐五代词》作"瞑"。

[三] 归　《全唐五代词》作"回"。

[四] 更　《全唐五代词》作"接"。校云："《湘山野录》《唐宋诸贤绝妙词选》作'连'。"

【集评】

黄蓼园曰：首二句，意兴苍凉壮阔；三四句，说到楼，说到人，又自静细孤寂，真化工之笔。"阑干"跟"楼"字来，"伫立"跟"愁"字来，末始点出"归"字，是题目归宿。所以愁者此也，所以寒山伤心者亦此也。觉前半凌空结撰，意兴高远，结仍含蓄不说尽，雄浑无匹。

《柯亭词评》云：此词《艺概》以为作于明皇西幸后，盖哀唐室、思明皇而发也。"烟林""寒山"是静境，"归鸟"是动境，皆写晚景。曰"平林"，曰"一带"，曰"长亭""短亭"，均自楼上望远光景。"愁"字承"伤心"句，"玉梯"承"高楼"句，"暝色"句绾合全篇，盖"烟林""寒山""归鸟"无一不包括在内也。"空伫立"之"空"

字，尤为词中点睛处。盖因"归鸟"而思归人，故睹"烟林""寒山"之暝色而发生无限愁怀也。

忆秦娥

箫声咽。秦娥梦断秦楼月。秦楼月。年年柳色，灞陵伤别[一]。　　乐游原上清秋节。咸阳古道音尘绝。音尘绝。西风残照，汉家陵阙。

【校记】

[一] 灞陵　《全唐五代词》作"灞桥"。校云："《唐宋诸贤绝妙词选》卷一作'霸陵'。"

【集评】

王观堂《人间词话》云：太白纯以气象胜，"西风残照，汉家陵阙"，寥寥八字，遂关千古登临之口。后世唯范文正之《渔家傲》、夏英公之《喜迁莺》，差足继武，然气象已不逮矣。

《柯亭词评》云：《艺概》谓此词亦作于明皇西幸后，盖追伤长安残破而发也。"秦娥"自是托辞，"秦楼月"言往日风光，"乐游原"言昔时胜地。曰"梦断"，曰"音尘绝"，言此情此景，今已不可复睹矣。灞陵柳色，年年只有伤别之情，陵阙、风日、清秋，盖增故国之感。长吟远慕，与少陵《秋兴》诗同一旨趣。"秦楼""灞陵""乐游""咸阳"，皆明点长安，"汉家"则暗指唐室，盖不忍直言之耳。

张志和

字子同，金华人。擢明经，肃宗命待诏翰林。坐贬，不复仕。居江湖，自称烟波钓徒。每垂钓，不设饵，志不在鱼也。

渔歌子 [一]

西塞山前白鹭飞 [二]。桃花流水鳜鱼肥。青箬笠，绿蓑衣。斜风细雨不须归。

【校记】

[一] 渔歌子　《全唐五代词》作《渔父》。校云："原作《渔歌》，据《尊前集》改。《唐宋诸贤绝妙词选》作《渔歌子》。《乐府诗集》卷八三、《唐诗纪事》卷四六作《渔父歌》。《诗话总龟》前集卷四五、《诗人玉屑》卷二〇、《云笈七签》卷一一三下《玄真子传》作《渔父词》。"

[二] 前　《全唐五代词》作"边"。校云："吴本《尊前集》、《唐宋诸贤绝妙词选》、《唐诗纪事》、《诗话总龟》、《诗人玉屑》作'前'。"

【集评】

黄蓼园曰：数句只写渔家之自乐其乐，无风波之患，对面已有不能言者隐跃言外。蕴含不露，笔墨入化，超然尘壒之外。

《柯亭词评》云：上二句，写渔家环境之美，下三句，写渔人生涯之乐。通体无一闲字，脉络贯串，妙造自然。

温庭筠

本名岐，字飞卿，太原人。宰相彦博之后。累举不第。大中末，官方山尉。有《握兰》《金荃》等集。

菩萨蛮

小山重叠金明灭。鬓云欲度香腮雪。懒起画蛾眉。弄妆梳洗迟。　　照花前后镜。花面交相映。新贴绣罗襦[一]。双双金鹧鸪。

【校记】

[一] 贴　《全唐五代词》作"帖"。校云："《唐宋诸贤绝妙词选》卷一作'著'。"绣　《全唐五代词》校云："《唐宋诸贤绝妙词选》作'绮'。"

【集评】

张皋文曰：此章从梦晓后领起，"懒起"二字，含后文情事。

陈亦峰曰："懒起画蛾眉，弄妆梳洗迟"，无限伤心，溢于言表。

任二北曰：此词前片，首句写居室服御，次句写人，三、四两句写情事；后片前二句写感喟，从上面之情事递下，而引起下面二句情意之结穴。其全部章法，乃由地而及人，而及事，而及情，层递而下，前后片一贯。写地写人，固属于引起衬副，即写情事两句，亦尚是状态居多。故前片可谓全为后片之张本，并非全词之精粹也。后片言鹧鸪之双双，明其感喟之果，已到意境止处，若全词深厚，则尤在感喟两句。盖花面交映，浅言之，乃人面如花，进一步想，花非久荣之物，则人之朱颜憔悴，亦自在意中。再进一步，花及芳时，犹有人于镜中簪惜，人及芳时，谁为怜取？

再进一步，正在芳时，眼前并无人留恋，则韶年易过，秋扇之捐，固足忧惧。即令驻颜有术，常得不老，岂便能博取人情之真，而恒久不变。凡此种种意境，举可从"交相映"三字中生出。是在读者之细细体会，得深得浅，要以我心为主，不必强同于人耳。

《柯亭词评》云：前半首二句，就服御中择举山枕，以概全室服御之精，就美人全体择举鬓云、腮雪，以概美人之美，是修辞择举精要之例证。下二句，情与事融合，"懒"字，"迟"字，本以言事，而情亦在其中。后半首二句，因镜中影而生感喟，以花比人，是比；下二句，因鹧鸪之双双，引起人孤独之感，即由上二句生出，是兴。

菩萨蛮

水精帘里颇黎枕。暖香惹梦鸳鸯锦。江上柳如烟。雁飞残月天。　　藕丝秋色浅。人胜参差剪。双鬓隔香红。玉钗头上风。

【集评】

张皋文云："梦"字提。"江上"以下，略叙梦境。人胜参差，玉钗香隔，言梦亦不得到也。"江上柳如烟"句，是关络。

陈亦峰曰："江上柳如烟，雁飞残月天"，飞卿佳句也。好在是梦中情况，便觉绵邈无际；若空写两句景物，意味便减。悟此方许为词。不则金氏所谓"雅而不艳，有句无章"者矣。

《柯亭词评》云：上半前二句，叙入梦原由，后二句，叙梦中境界；下半前二句，叙昔年装饰，后二句，言今日乖违。

菩萨蛮

玉楼明月长相忆。柳丝袅娜春无力。门外草萋萋。送君闻马嘶。　　画罗金翡翠。香烛消成泪。花落子规啼。绿窗残梦迷。

【集评】

张皋文云："玉楼明月长相忆"，又提。"柳丝袅娜"，送君之时，故"江上柳如烟"，梦中情景亦尔。

谭复堂曰："玉楼明月长相忆"句，提。"花落子规啼"句，小歇。

《柯亭词评》云：上半追忆别时情景，下半自述别后况味。

菩萨蛮

宝函钿雀金鸂鶒。沉香阁上吴山碧。杨柳又如丝。驿桥春雨时。　　画楼音信断。芳草江南岸。鸾镜与花枝。此情谁得知。

【集评】

谭复堂曰："宝函钿雀金鸂鶒"句，追叙；"画楼音信断"句，指点今情；"鸾镜与花枝"句，顿。

陈亦峰曰："花落子规啼，绿窗残梦迷"，又"鸾镜与花枝，此情谁得知"，皆含深意。此种词，第自写性情，不必求胜人，已成绝响。

《柯亭词评》云：上半前二句，写别前景况，后二句，写别后经历。下半前二句，言望断行人消息，后二句，自伤华年易逝，揽镜增悲，恨行者不识居者之苦也。

更漏子

柳丝长，春雨细。花外漏声迢递。惊塞雁，起城乌。画屏金鹧鸪。　　香雾薄。透帘幕。惆怅谢家池阁。红烛背，绣帘垂[一]。梦长君不知。

【校记】

[一] 帘　《全唐五代词》作"帷"。校云："原作'帘'，据《尊前集》改。"

【集评】

张皋文曰："惊塞雁"句，言欢戚不同，兴下"梦长君不知"也。

陈亦峰曰："惊塞雁，起城乌，画屏金鹧鸪"，此言苦者自苦，乐者自乐。

《柯亭词评》云：上半由景说到情，"漏声""红烛"均点夜景。下半情景交融，"梦长"句承"画屏"句来。

更漏子

星斗稀，钟鼓歇。帘外晓莺残月。兰露重，柳风斜。满庭堆落花。　　虚阁上。倚阑望[一]。还是去年惆怅[二]。春欲暮，思无穷。旧欢如梦中。

　　[一]阑　《全唐五代词》作"栏"。

　　[二]是　《全唐五代词》作"似"。

【集评】

　　张皋文曰:"兰露重"三句,与"塞雁""城乌"义同。

　　陈亦峰曰:"兰露重,柳风斜,满庭堆落花",此言盛者自盛,衰者自衰,亦即上章苦乐之意。颠倒言之,纯是风人章法,特改换面目,人自不觉耳。

　　《柯亭词评》云:上半六句写景,下半六句抒情。"星斗""钟鼓"点夜景,"春欲暮"承上半后四句。

更漏子

　　玉炉香,红蜡泪。偏照画堂秋思。眉翠薄,鬓云残。夜长衾枕寒。　　梧桐树。三更雨。不道离愁正苦[一]。一叶叶,一声声。空阶滴到明。

【校记】

　　[一]愁　《全唐五代词》作"情"。

【集评】

　　谭复堂曰:"梧桐树,三更雨",似直下语,正从"夜长"逗出,亦书家无垂不缩之法。

陈亦峰曰：飞卿《更漏子》三章，自是绝唱，而后人独赏其末章“梧桐树”数语。胡元任言“庭筠工于造语，极为奇丽，此词尤佳”，即指此数语也。不知此数语用笔较快，而意味无上二章之厚。胡氏不知词，故以奇丽目之，浅视飞卿者也，后人从而和之，何耶？

《柯亭词评》云：上半首三句，由景说到情，下三句，写情，由“秋思”生出。下半写景中情，由“夜长衾枕寒”句生出。

梦江南

梳洗罢，独倚望江楼。过尽千帆皆不是，斜晖脉脉水悠悠。肠断白蘋洲。

【集评】

谭复堂曰：犹是盛唐绝句。

《柯亭词评》云：此词写闺情。就江楼独望所见，写来何等蕴藉。结句尤有悠然不尽之致。

韦庄

字端己，杜陵人。乾宁元年进士。入蜀，王建辟掌书记，寻召为起居舍人，累官至吏部尚书。有《浣花集》。

菩萨蛮

红楼别夜堪惆怅。香灯半卷流苏帐。残月出门时。美人和泪辞。　　琵琶金翠羽。弦上黄莺语。劝我早归家。绿窗人似花。

【集评】

谭复堂曰：亦填词中《古诗十九首》，即以读《十九首》心眼读之。

《柯亭词评》云：此为教坊别乐伎之作。"红楼"四句，写别时情景。"琵琶"四句，亦蕴藉，亦空灵。"金翠羽"言琵琶之饰，"黄莺语"言琵琶之音。

菩萨蛮

人人尽说江南好。游人只合江南老。春水碧于天。画船听雨眠。　　炉边人似月。皓腕凝霜雪[一]。未老莫还乡。还乡须断肠。

【校记】

[一]霜　《全唐五代词》作"双"。

【集评】

谭复堂曰：强颜作愉快语，怕肠断，肠亦断矣。

《柯亭词评》云："春水"二句，写江南风景，"炉边"二句，写江南美人。前后二"老"字相呼应。言江南好，则中原之不好，自在言外。

菩萨蛮

如今却忆江南乐。当时年少春衫薄。骑马倚斜桥。满楼红袖招。　　翠屏金屈曲。醉入花丛宿。此度见花枝。白头誓不归。

【集评】

谭复堂曰："如今却忆江南乐"，是半面语，后半意不尽而语尽。"却忆""此度"四字，度人金针。

《柯亭词评》云："骑马"二句，承"年少"句来。下半写追欢情景。（按：庄以北人，值黄巢之乱，避地江南十年。北归成进士，已在中年以后。最后以校书郎奉使入蜀，为王建所留。此词乃被留后追忆少年经历之作。）

菩萨蛮

洛阳城里春光好。洛阳才子他乡老。柳暗魏王堤。此时心转迷。　　桃花春水绿。水上鸳鸯浴。凝恨对斜晖[一]。忆君君不知。

【校记】

[一]斜　《全唐五代词》作"残"。

谭复堂曰:"洛阳才子他乡老",至此揭出。又曰"忆君君不知",怨而不怒之义。

陈亦峰曰:端己《菩萨蛮》四章,惓惓故国之思,而意婉词直,一变飞卿面目。然消息正自相通。余尝谓后主之视飞卿,合而离者也;端己之视飞卿,离而合者也。

《柯亭词评》云:此为留蜀后忆中原之作。(庄以僖宗中和初年离长安,小住洛阳。中和三年,避乱江南。曾游三江两湖。至昭宗景福二年北归,其间约经十年。昭宗乾宁元年举进士,并任校书郎之职。乾宁三、四年间,第一次入蜀。光化元年北归。昭宗光化初年,第二次入蜀。天福初年,应聘为蜀书记。唐召为起居舍人,未受命。天福三年,复北归,为王建连朱全忠。梁开平元年,朱全忠称帝,庄亦向王建劝进,为左散骑常侍,官至吏部尚书,同平章事。开平四年,卒于成都。)

小重山

一闭昭阳春又春。夜寒宫漏永,梦君恩。卧思陈事暗消魂。罗衣湿,红袂有啼痕。　　歌吹隔重阍。绕亭芳草绿,倚长门。万般惆怅向谁论。凝情立,宫殿欲黄昏。

【集评】

《古今词话》云:情意凄怨。

《柯亭词评》云:所谓"万般惆怅",即"销魂"之"陈事"也。卧则暗思,立则凝情,其怨可知。"梦君恩",反言之也。"宫殿"句,回顾"昭阳"句。

牛峤

字松卿，陇西人。乾符五年进士。历官拾遗，补尚书郎。王建镇蜀，辟为判官。后仕蜀，为给事中。

菩萨蛮

　　舞裙香暖金泥凤。画梁语燕惊残梦。门外柳花飞。玉郎犹未归。　　愁匀红粉泪。眉剪春山翠。何处是辽阳。锦屏春昼长。

【集评】

　　张皋文曰："惊残梦"一点，以下纯是梦境，章法似《西洲曲》。

　　《柯亭词评》云：画梁语燕，门外飞花，正锦屏春昼之时。前后遍情景须连属，观此益信。

菩萨蛮

　　绿云鬓上飞金雀。愁眉敛翠春烟薄。香阁掩芙蓉。画屏山几重。　　窗寒天欲曙。犹结同心苣。啼粉浣罗衣[一]。问郎何日归。

【校记】

[一]浣　《全唐五代词》作"污"。

【集评】

　　张皋文曰：《花间集》载松卿《菩萨蛮》七首，此二首，章法绝妙。

　　《柯亭词评》云：两阕均写闺中睡时情状。前写昼，后写夜，而用意则同。

毛文锡

字平珪，唐进士。事蜀，为翰林学士。迁内枢密使，历文思殿大学士、司徒。

巫山一段云

雨霁巫山上，云轻映碧天。远风吹散又相连。十二晚峰前。　　暗湿啼猿树，高笼过客船。朝朝暮暮楚江边。几度会神仙[一]。

【校记】

[一]会　《全唐五代词》作"降"。

【集评】

贺黄公曰：摹写云气，直觉氤氲蓊渤，满于纸上。

《柯亭词评》云："散"与"连"，均写云之变化。"暗湿""高笼"，写行云栩栩欲活。

顾夐

仕蜀，为太尉。字里不传。

诉衷情

永夜抛人何处去，绝来音。香阁掩。眉敛。月将沉。争忍不相寻。怨孤衾。换我心、为你心。始知相忆深。

【集评】

王阮亭曰："换我心、为你心。始知相忆深"，自是透骨情语，徐山民"妾心移得在君心"全袭此，然已为柳七一派滥觞。

王湘绮曰：亦是对面写照，有嘲有怨，放刁放娇。

《柯亭词评》云：此词须玩其转折处及用意回互处。"月将沉"承"永夜"来。"眉敛"句，已逗"怨"字。

鹿虔扆

事蜀，为永泰军节度使，加太保。

临江仙

金锁重门荒苑静，绮窗愁对秋空。翠华一去寂无踪。玉楼歌吹，声断已随风。　　烟月不知人事改，夜阑还照深宫。藕花相向野塘中。暗伤亡国，清露泣香红。

【集评】

倪云林曰：鹿公高节，偶尔寄情倚声，而曲折尽变，有无限感慨淋漓处。

《柯亭词评》云：起二句，写荒苑久无人到，故重门金锁，与秋空相对者，只此绮窗耳。下三句，"翠华"而曰"无踪"，"歌吹"而曰"声断"，已不胜今昔之感。后半写深宫烟月，不知人事，野塘藕花，暗伤亡国，似烟月无情而藕花有意者。其实"烟月"何知，"藕花"又何知，所以觉其如是，全属我见。王观堂云："以我观物，无物不着我之色采。"此盖"着我之色采"者。故见仁见智，不同如此。然发而为词，何其哀以思耶。

毛熙震

蜀人，官秘书监。

后庭花

　　莺啼燕语芳菲节。瑞庭花发。昔时欢宴歌声揭。管弦清越。　　自从陵谷追游歇。画梁尘黦。伤心一片如珪月。闲锁宫阙。

【集评】

　　王观堂曰：周密《齐东野语》称其词新警而不俦薄，余尤爱其《后庭花》，不独意胜，即以调论，亦有隽上清越之致。

　　《柯亭词评》云：一、二两句，写目前景；三、四两句，写昔时景。下半前二句，是自昔到今感想；后二句，是目前感想。均情景夹写。

孙光宪

字孟文，贵平人。仕荆南高从诲，为书记。历官御史大夫。后归宋，授黄州刺史。

思帝乡

如何。遣情情更多。永日水晶帘下[一]，敛羞蛾。六幅罗裙窣地，微行曳碧波。看尽满地疏雨，打团荷。

【校记】

[一] 晶　《全唐五代词》作"堂"。

【集评】

王湘绮曰：常语常景，自然丰采。

《柯亭词评》云：此词宜作旁观看，乃别后追忆其容止。雨打团荷，喻其裙波窣地之姿态，非真写雨荷也。

浣溪沙

蓼岸风多橘柚香。江边一望楚天长。片帆烟际闪孤光。　　目送征鸿飞杳杳，思随流水去茫茫。兰红波碧忆潇湘。

【集评】

王观堂曰：昔黄玉林赏其"一庭花雨湿春愁"为古今佳句，余以为不若"片帆烟际闪孤光"尤有境界也。

《柯亭词评》云：首句是近景，"江边"以下，是一望楚天所见。"潇湘"仍结到"楚天"，是行人所往之地。

李璟

南唐嗣主。初名景。烈祖长子。

浣溪沙

菡萏香销翠叶残。西风愁起绿波间。还与韶光共憔悴[一]，不堪看。　　细雨梦回鸡塞远，小楼吹彻玉笙寒。多少泪珠何限恨，倚阑干。

【校记】

[一] 韶　《全唐五代词》作"容"。校云："萧本《南唐二主词》作'寒'。"

【集评】

陈亦峰曰："还与韶光共憔悴，不堪看"，沉之至，郁之至，凄然欲绝。后主虽善言情，卒不能出其右也。

王观堂云："菡萏香销翠叶残，西风愁起绿波间"，大有众芳芜秽、美人迟暮之感。乃古今独赏其"细雨梦回鸡塞远，小楼吹彻玉笙寒"，故知解人正不易得。

黄蓼园云："细雨"二句，意兴清幽。结"倚阑干"三字，亦有说不尽之意。

《柯亭词评》云：香销愁起，人花共悴，韶光易逝，迟暮之感所由生。"还与"者，言此情此景已非止一度也。梦回塞远，言征人不归；吹彻笙寒，言独居无赖。"多少"句，承"还与"句来。"倚阑干"，回顾起句。盖处境如此，倚池阑看此衰荷，愈觉其不堪也。全章融情景为一片，故神理独绝。

浣溪沙

　　手卷真珠上玉钩。依前春恨锁重楼。风里落花谁是主，思悠悠。　　青鸟不传云外信，丁香空结雨中愁。回首绿波三峡暮[一]，接天流。

【校记】

　　[一]峡　《全唐五代词》作"楚"。

【集评】

　　黄蓼园云：手卷珠帘，似可旷日舒怀矣。谁知依然恨锁重楼。所以恨者何也？见落花无主，不觉心共悠悠耳。且远信不来，幽愁空结，第见三峡波接天流，此恨何能自已乎？清和宛转，词旨秀颖。然以帝王为之，则非治世之音矣。

　　《柯亭词评》云：远信不来，幽怨空结，所谓春恨者即此。"重楼"指独居之地。珠帘未卷，已在恨中。及其既卷，近睹风里落花，远睇绿波三峡，无一不引起悠悠之思，而恨愈无穷，故曰"依前"耳。"锁"字炼，此句为全阕关键。

李煜

南唐后主。字重光，初名从嘉。嗣主李璟第六子。

玉楼春

　　晚妆初了明肌雪。春殿嫔娥鱼贯列。凤箫声断水云间[一]，重按霓裳歌遍彻。　　临风谁共飘香屑[二]。醉拍阑干情未切[三]。归时休放烛花红[四]，待踏马蹄清夜月[五]。

【校记】

　　[一] 凤　《全唐五代词》作"笙"。声　《全唐五代词》作"吹"。

　　[二] 风　《全唐五代词》作"春"。共　《全唐五代词》作"更"。

　　[三] 未　《全唐五代词》作"味"。

　　[四] 放　《全唐五代词》作"照"。

　　[五] 踏　《全唐五代词》作"放"。

【集评】

　　王世贞云："归时"二句，致语也。

　　谭复堂云：后结豪宕。

　　《柯亭词评》云："谁共"句，承"鱼贯"句来。"夜月"句，回顾"晚妆"句。确是一时情景。此词有富贵气象，与后"帘外雨潺潺"一阕对看，一欢乐，一凄惨，处境不同，而立言之工则一。

清平乐

别来春半。触目愁肠断。砌下落梅如雪乱。拂了一身还满。　　雁来音信无凭。路遥归梦难成。离恨却如青草[一]，更行更远还生。

【校记】

[一] 却　《全唐五代词》作"恰"。青　《全唐五代词》作"春"。

【集评】

谭复堂曰："泪眼问花花不语"，与此同妙。

《柯亭词评》云："落梅"句，自本身生感，"青草"句，自行人着想，皆春半应有之景。"音信无凭"，"归梦难成"，所以触目令人肠断。"离恨"句，回顾"别来"句，造语灵妙之极。

浣溪沙

转烛飘蓬一梦归。欲寻陈迹怅人非。天教心愿与身违。　　待月池台空逝水，荫花楼阁漫斜晖。登临不惜更沾衣。

【集评】

任二北曰：此词首二句叙事，三句慨言衷曲，四、五两句，就人非之反面景物依然作铺叙，末句表出深情。只首二句可视作引起衬副部分，余皆精粹。章法于前片立意，后片承之。前片之结陡，后片之结，承上两句，二者不同。或云首句明言梦归，以下皆是梦中故国之感，乃后主囚虏以后之作，则未必然。盖悲天悯人，感时伤逝，正后主至情之人随在常有之心境。愈处晏安，愈念忧患，愈当繁盛，愈感衰歇也。论文字则前结沉痛，后结缠绵，尤以后结寓有千回百折之情，哀伤深厚之极。"待月"两句，对仗精整，而语极自然，仍如触着者。

《柯亭词评》云：此词疑系大周后卒后之作。所谓待月池台、荫花楼阁，皆欲寻之陈迹，今则逝水斜晖，前尘似梦，台阁犹是，人已非故，故曰"一梦归"也。"心愿"句，或指白首之盟，"更沾衣"句，即由"怅人非"句转出。辞意悱恻缠绵之至。

相见欢

无言独上西楼。月如钩。寂寞梧桐深院锁清秋。　　剪不断。理还乱。是离愁。别是一般滋味在心头[一]。

【校记】

[一] 般 《全唐五代词》作"番"。

【集评】

黄花庵曰：此词最凄惋，所谓亡国之音哀以思。

王湘绮曰：词之妙处，亦别是一般滋味。

《柯亭词评》云：首句由情入景。以下二句，似写景矣，其实仍融情景为一片。"如钩"者，以缺月喻离人也。曰"寂寞"，曰"锁"，皆应上"独"字。下半纯写离愁，末句回顾"无言"二字。

相见欢

林花谢了春红。太匆匆。无奈朝来寒雨晚来风[一]。　　焉支泪[二]。相留醉[三]。几时重。自是人生长恨水长东。

【校记】

[一]无奈 《全唐五代词》作"常恨"。雨 《全唐五代词》作"重"。

[二]焉支 《全唐五代词》作"胭脂"。

[三]相留 《全唐五代词》作"留人"。

【集评】

谭复堂曰：前半濡染大笔。

《柯亭词评》云：花谢匆匆，乃不堪朝雨晚风所致。下半首二句，言落红着雨，分外醉人。"几时重"者，言此景亦不过一霎，即"太匆匆"之意。此人生长恨所以如水之长东乎。

浪淘沙

帘外雨潺潺。春意阑珊[一]。罗衾不耐五更寒[二]。梦里不知身是客，一晌贪欢。　　独自莫凭阑[三]。无限江山[四]。别时容易见时难。流水落花春去也[五]，天上人间。

【校记】

[一]阑珊 《全唐五代词》作"将阑"。

[二] 耐 《全唐五代词》作"暖"。

[三] 阑 《全唐五代词》作"栏"。

[四] 江 《全唐五代词》作"关"。

[五] 春 《全唐五代词》作"归"。

【集评】

谭复堂曰：此词雄奇幽怨，乃兼二难。后起稼轩，稍伧父矣。

王湘绮曰：高妙超脱，一往情深。

王观堂曰：词至李后主，而眼界始大，感慨遂深，遂变伶工之词而为士大夫之词。周介存置诸温韦之下，可谓颠倒黑白矣。"自是人生长恨水长东""流水落花春去也，天上人间"，《金荃》《浣花》能有此气象耶？

《柯亭词评》云："五更寒"即起于潺潺之雨，愁人而当残春，何堪遣此。"梦里"句，因往日繁华而身世之感益增。"凭阑"句，因眼前惆怅而亡国之痛愈切。"春去也"三字，有良时不再之意，又回顾"阑珊"句。人间天上，此恨绵绵，非身历其境者，出语不能如是沉痛，亦可谓之哀以思矣。

虞美人

春花秋月何时了。往事知多少。小楼昨夜又东风。故国不堪回首月明中。　　　　雕阑玉砌应犹在[一]。只是朱颜改。问君能有几多愁[二]。恰似一江春水向东流。

【校记】

[一] 应犹 《全唐五代词》作"依然"。

[二] 能 《全唐五代词》作"都"。

【集评】

王阮亭曰：钟隐入汴后，"春花秋月"诸词，与"此中日夕只以眼泪洗面"一帖，同是千古情种，较长城公煞是可怜。

谭复堂曰：后主此词，足当太白诗篇，高奇无匹。

王湘绮曰："朱颜"本是山河，因归宋，不敢言耳。若直说"山河改"，反浅也。结亦恰到好处。

《柯亭词评》云：首句大有厌世之概，盖抚今追昔，总觉其难堪也。"往事"句，包括已往不少花月在。小楼东风，又到花时，故国如何，已不忍言，只赢得月中回首而已。"雕阑"句，是悬想故国，"朱颜改"者，言今昔欢戚不同也。"几多愁"从"往事"中生出，"春水东流"仍收到"故国"。故国在江南，故云。

冯延巳

字正中。其先彭城人，唐末徙家新安。事南唐，为左仆射，同平章事。有《阳春集》一卷。

蝶恋花

六曲阑干偎碧树。杨柳风轻，展尽黄金缕。谁把钿筝移玉柱。穿帘燕子双飞去[一]。　　满眼游丝兼落絮。红杏开时，一霎清明雨。浓睡觉来莺乱语[二]。惊残好梦无寻处。

【校记】

[一] 燕子双飞　《全唐五代词》作"海燕惊飞"。

[二] 莺乱　《全唐五代词》作"慵不"。

【集评】

谭复堂曰：金碧山水，一片空蒙，此正周氏所谓"有寄托入无寄托出"也。又云："满眼游丝兼落絮"，是感；"一霎清明雨"，是境；"浓睡觉来莺乱语"，是人；"惊残好梦无寻处"，是情。

陈亦峰曰：正中《蝶恋花》首章云"浓睡觉来莺乱语。惊残好梦无寻处"，忧谗畏讥，思深意苦。

《柯亭词评》云："落絮"从"杨柳"生出，从柳初芽说至柳飞絮，可见经时不少。"红杏"二句系倒装，盖杏雨之后又见飞絮也。"谁把"二句，暗点"惊"字；"浓睡"二句，明点"惊"字。词中必有本事，此盖有为而发耳。

蝶恋花

谁道闲情抛弃久[一]。每到春来，惆怅还依旧。日日花前常病酒。不辞镜里朱颜瘦[二]。　　河畔青芜堤上柳。为问新愁，何事年年有。独立小桥风满袖[三]。平林新月人归后。

【校记】

[一]弃　《全唐五代词》作"掷"。

[二]不　《全唐五代词》作"敢"。

[三]立小桥　《全唐五代词》作"上小楼"。

【集评】

谭复堂曰：此阕叙事。

陈亦峰曰：次章云"谁道闲情抛弃久。每到春来，惆怅还依旧。日日花前长病酒。不辞镜里朱颜瘦"，始终不渝其志，亦可谓自信而不疑，果毅而有守矣。

《柯亭词评》云：花前病酒，小楼独立，皆不能抛却闲情所致。河草堤柳，正点"春来"，"新愁"即由"闲情"生出；"惆怅还依旧"是旧愁不断，"何事年年有"是新愁又生。前后均作推敲语入妙。

蝶恋花

几日行云何处去。忘却归来，不道春将暮。百草千花寒食路。香车系在谁家树。　　泪眼倚楼频独语。双燕来时[一]，陌上相逢否。掩乱春愁如柳絮[二]。依依梦里无寻处[三]。

[一] 来时 《全唐五代词》作"飞来"。

[二] 掩 《全唐五代词》作"撩"。

[三] 依依 《全唐五代词》作"悠悠"。

【集评】

谭复堂曰:"行云""百草千花""香车""双燕",必有所托。"依依梦里无寻处"句呼应。

陈亦峰曰:三章云"泪眼倚楼频独语。双燕来时,陌上相逢否",忠厚恻怛,蔼然动人。

王观堂曰:"终日驰车走,不见所问津",诗人之忧世也,"百草千花寒食路,香车系在谁家树"似之。

《柯亭词评》云:"双燕"二句意谓忘归之游客,见来燕双飞,亦应念闺人之独处,非闲闲景语也。"陌上"句,与"寒食路"句前后呼应。全章均作自问语,为前所未有之创格。

蝶恋花

庭院深深深几许。杨柳堆烟,帘幕无重数。玉勒雕鞍游冶处。楼高不见章台路。 雨横风狂三月暮。门掩黄昏,无计留春住。泪眼问花花不语。乱红飞过秋千去[一]。

【校记】

[一] 过 《全唐五代词》作"入"。

【集评】

唱经堂评云:此词写闺思,神理绝佳。上阕第一句,问得无端。三个"深"字,奇绝。唐人诗每以此为能。第二句、第三句,均写出"深深"。第五句"不见章台路",只为此五字,便怨到庭院。衬入"楼高"字,妙。犹言如此尚然也,是文章加染法。下阕第三句"无计留春住",留得无端。第四句"问花花不语",问得无端,"问花",错认花有情,"花不语",怨得花无谓。第五句"乱红飞过秋千去",直怪花不理人。夫人自去远,与庭院何与? 人自不归,与春何与? 人自无音耗,与花何与? 此可谓林木池鱼之殃矣。又:全阕章法亦奇甚。盖通篇不出正意,只是怨庭院、怨春、怨花也。"杨柳堆烟"句,是衬"庭院"句;"雨横风狂"句,是衬"留春"句;"乱红飞过"句,是衬"问花"句。凡作三段文字,须要分疏读之,不得含混过去。

陈亦峰曰:四章云"泪眼问花花不语,乱红飞过秋千去",词意殊怨。然怨之深,亦厚之至。盖三章犹望其离而复合,四章则绝望矣。作词鲜如此用笔,一切叫嚣、纤冶之失,自无从犯其笔端。又曰:正中《蝶恋花》四阕,情词悱恻,可群可怨。

谭复堂曰:宋刻玉玩,双层浮起。笔墨至此,能事几尽。

王观堂曰:"泪眼问花花不语,乱红飞过秋千去",有我之境也。

《柯亭词评》云:《蝶恋花》一名《鹊踏枝》。正中《鹊踏枝》十四章,此四章均自作商量语气,即竹垞《词综》所采录者。"谁把钿筝移玉柱""谁道闲情抛弃久""香案系在谁家树",是同一问法;"为问新愁,何事年年有""双燕来时,陌上相逢否",亦是同一问法;"几日行云何处去""庭院深深深几许",亦是同一问法。"庭院深深"一章结句云"泪眼问花花不语,乱红飞过秋千去",并说出问之结果矣。且"泪眼问花花不语"与第三章"泪眼倚楼频独语"句法亦类似。陈亦峰谓此一章与上四章"笔墨的是一色",信然。前人误为欧公作,盖欧词亦师法正中者,遂因李易安词序一言,而将冯词误入欧集,其实不足据也。

醉花间

晴雪小园春未到。池边梅自早。高树鹊衔巢,斜月明寒草。　　山川风景好。自古金陵道。少年看却老。相逢莫厌醉金杯,别离多,欢会少。

【集评】

王观堂曰:"高树鹊衔巢,斜月明寒草",韦苏州之"流萤度高阁",孟襄阳之"疏雨滴梧桐",不能过也。

《柯亭词评》云:前半四句写时,"梅自早"句,由"春未到"句生出。后半上二句写地,下三句写情。

南乡子

细雨湿流光。芳草年年与恨长。烟锁凤楼无限事,茫茫。鸾镜鸳衾两断肠。　　魂梦任悠扬。睡起杨花满绣床。薄幸不来门半掩,斜阳。负尔残春泪几行[一]。

【校记】

[一]尔　《全唐五代词》作"你"。

【集评】

王观堂曰："细雨湿流光"五字，能摄春草之魂。

《柯亭词评》云：前半起二句写时，"凤楼"句写地。"鸾镜"是恨韶颜之易逝，"鸳衾"是恨独居之无赖，故曰"两断肠"。"杨花满绣床"点"残春"，"斜阳"应"流光"句，"泪几行"应"恨长"句。

抛球乐

坐对高楼千万山。雁飞秋色满阑干。烧残红烛暮云合，飘尽碧梧金井寒。咫尺人千里，犹忆笙歌昨夜欢。

【集评】

陈亦峰曰："烧残红烛暮云合，飘尽碧梧金井寒"，冯正中《抛球乐》词也。拗一字，更觉宫商一片，知音原不拘于调。

《柯亭词评》云：此词造境恢宏，出语壮丽，《花间集》中无此气象。《人间词话》谓"冯正中词虽不失五代风格，而堂庑特大，开北宋一代风气"，此类庶乎近之。

北

宋

范仲淹

字希文。其先邠人,后徙吴县。祥符八年进士。仕至枢密副使、参知政事。卒赠兵部尚书、楚国公。有《丹阳集》。

渔家傲 [一]

塞上秋来风景异 [二]。衡阳雁去无留意。四面边声连角起。千嶂里。长烟落日孤城闭。　　浊酒一杯家万里。燕然未勒归无计。羌管悠悠霜满地。人不寐。将军白发征夫泪。

【校记】

[一]《全宋词》于词牌后标词题"秋思"。

[二]上　《全宋词》作"下"。

【集评】

彭骏孙曰:"将军白发征夫泪"亦复苍凉悲壮,慷慨生哀。永叔欲以"玉阶遥献南山寿"敌之,终觉让一头地。

贺黄公曰:庐陵讥范希文《渔家傲》为穷塞主词,自矜其"战胜归来飞捷奏,倾贺酒,玉阶遥献南山寿",为真元帅之事。按:宋以小词为乐府,被之管弦,往往传于宫掖。范词如"长烟日落孤城闭""羌管悠悠霜满地""将军白发征夫泪",令"绿树碧帘相掩映,无人知道外边寒"者听之,知边庭之苦如是,庶有所警触。此深得《采薇》《出车》"杨柳""雨雪"之意。若欧词止于谀耳,何所感耶。

《柯亭词评》云："衡阳"句，言因雁南飞而动思乡之情也。下三句均写塞上秋景。"浊酒"句是羁旅之感；"燕然"句是身世之慨；"羌管"句仍回到塞上秋景。后结一句，双承"浊酒""燕然"两句收束。

苏幕遮

　　碧云天，黄叶地。秋色连波，波上寒烟翠。山映斜阳天接水。芳草无情，更在斜阳外。　　黯乡魂，追旅思。夜夜除非，好梦留人睡。明月楼高休独倚。酒入愁肠，化作相思泪。

【集评】

　　彭骏孙曰：范希文《苏幕遮》一调，前段多入丽语，后段纯写柔情，遂成绝唱。

　　谭复堂曰：大笔振迅。

　　《柯亭词评》云：前半全写秋景，后半专写离情。后结三句，愁酒化泪，设想奇绝。

御街行

　　纷纷坠叶飘香砌[一]。夜寂静、寒声碎。真珠帘卷玉楼空，天淡银河垂地。年年今夜，月华如练，长是人千里。　　愁肠已断无由醉。酒未到、先成泪。

残灯明灭枕头欹，谙尽孤眠滋味。都来此事，眉间心上，无计相回避。

【校记】

[一]坠 《全宋词》作"堕"。

【集评】

王湘绮曰：前结三句是壮语，不嫌不入律，后结"都来"即算来也，因此字宜平，故用"都"字，究嫌不醒。

陈亦峰曰：范文正《御街行》后半阕淋漓沉着，《西厢》"长亭"袭之，骨力远逊，且少味外味。此北宋所以为高，小山、永叔后，此调不复弹矣。

《柯亭词评》云：前半写秋夜景物，后半仍写离情。"愁肠已断无由醉。酒未到、先成泪"较前"酒入愁肠，化作相思泪"更深一层。

晏殊

字同叔，临川人。景祐二年同进士出身。官至同中书门下平章事，兼枢密使。卒谥元献。有《珠玉词》一卷。

浣溪沙

一曲新词酒一杯。去年天气旧亭台。夕阳西下几时回。　　无可奈何花落去，似曾相识雁归来。小园香径独徘徊。

【集评】

张咏川曰：元献尚有《示张寺丞王校勘》七律一首，"元巳清明假未开，小园幽径独徘徊。春寒不定斑斑雨，宿醉难禁滟滟杯。无可奈何花落去，似曾相识燕归来。游梁赋客多风味，莫惜青钱万选才"，中三句与此词同，只易一字。细玩"无可奈何"一联，情致缠绵，音调谐婉，的是倚声家语。若作七律，未免软弱矣。

《柯亭词评》云：前半流连光景，后半"花""燕"疑有所指。"小园香径"与前"旧亭台"境界统一。

浣溪沙

一晌年光有限身[一]。等闲离别易销魂。酒筵歌席莫辞频。　　满目山河空念远，落花风雨更伤春。不如怜取眼前人。

【校记】

[一] 晌　《全宋词》作"向"。

吴霜厓曰："满目山河空念远，落花风雨更伤春"胜"无可奈何"二语十倍，而人未之知，可云陋矣。

《柯亭词评》云："念远"句承"离别"句来，"满目"一联的是好句。

玉楼春 [一]

绿杨芳草长亭路。年少抛人容易去。楼头残梦五更钟，花底离愁三月雨 [二]。　　无情不似多情苦。一寸还成千万缕。天涯地角有穷时，只有相思无尽处。

【校记】

[一]《全宋词》于词牌后标词题"春恨"。

[二]愁 《全宋词》作"情"。

【集评】

黄蓼园曰：言近指远者，善言也。"年少抛人"，凡罗雀之门、枯鱼之泣，皆可作如是观。"楼头"二语，意致凄然，击起"多情苦"来。末二句总见多情之苦耳。妙在意思忠厚，无怨怼口角。

《柯亭词评》云：全阕均作抒情语。起句"绿杨芳草长亭路"，景中有情。"楼头"二句，亦情景交融，与他阕有别。

踏莎行

小径红稀，芳郊绿遍。高台树色阴阴见。春风不解禁杨花，蒙蒙乱扑行人面。　　翠叶藏莺，珠帘隔燕 [一]。炉香静逐游丝转。一场愁梦酒醒时，斜阳却照深深院。

【校记】

[一]珠 《全宋词》作"朱"。

【集评】

黄蓼园曰：首三句，言花稀叶盛，喻君子少小人多也。"高台"指帝阁。"东风"二句，言小人如杨花轻薄，动遥君心也。"翠叶"二句，喻事多阻隔。"炉香"句，喻己心郁纡也。"斜阳""照深深院"，言不明之日难照此渊衷也。

《柯亭词评》云：此词前后片多作景语，惟前后二结情景夹写。

蝶恋花[一]

槛菊愁烟兰泣露。罗幕轻寒，燕子双飞去。明月不谙离恨苦。斜光到晓穿朱户。　　昨夜西风凋碧树。独上高楼，望尽天涯路。欲寄彩鸾无尺素[二]。山长水阔知何处。

【校记】

[一]蝶恋花 《全宋词》作《鹊踏枝》。

[二]鸾 《全宋词》作"笺"。无 《全宋词》作"兼"。案云："'兼'字原空格，据吴讷本《珠玉词》补。"

【集评】

王观堂曰：《诗·蒹葭》一篇，最得风人深致。晏同叔之"昨夜西风凋碧树。独上高楼，望尽天涯路"，意颇近之。但一洒落，一悲壮耳。

　　《柯亭词评》云:以"燕子双飞去"引起以下离恨苦,是比是兴。后片望尽天涯，寄书无处，乃实写离恨苦。

欧阳修

字永叔，庐陵人。第进士。历官礼部侍郎，兼翰林侍读学士，拜枢密副使、参知政事。卒谥文忠。有《六一居士词》三卷。

采桑子

群芳过后西湖好，狼籍残红。飞絮蒙蒙。垂柳阑干尽日风。　　笙歌散尽游人去，始觉春空。垂下帘栊。双燕归来细雨中。

【集评】

谭复堂曰："群芳过后西湖好"句，扫处即生；"笙歌散尽游人去"句，悟语是恋语。

《柯亭词评》云："春空"句承"狼籍残红"句来，是前后片意须相应之例。

诉衷情

清晨帘幕卷轻霜。呵手试梅妆。都缘自有离恨，故画作远山长。　　思往事，惜流芳。易成伤。未歌先敛[一]，欲笑还颦，最断人肠。

【校记】

[一]未　《全宋词》作"拟"。

【集评】

《柯亭词评》云：此词写眉意，刻画入微。"都缘自有离恨，故画作远山长",二句尤妙。盖即有恨,亦何与画眉事? 以画眉作使性事,真是小儿女性格也。

临江仙

柳外轻雷池上雨,雨声滴碎荷声。小楼西角断虹明。阑干倚处,待得月华生。 燕子飞来窥画栋,玉钩垂下帘旌。凉波不动簟纹平。水晶双枕[一],旁有堕钗横[二]。

【校记】

[一] 晶 《全宋词》作"精"。
[二] 旁 《全宋词》作"傍"。

【集评】

《柯亭词评》云:此词王湘绮谓"写闺人睡景,非狎语也,岂有自嘲自状之人",语颇近理。惟谓"窥画栋"应作"归画栋","垂帘矣,何得始窥",则殊不然。盖因帘垂不能"归"栋,故"窥"耳。且"窥"字下得极妙,燕子因"窥"栋,无意中见闺人睡景,闺人睡景却从燕子眼中写出,设想何等灵幻。

踏莎行

候馆梅残,溪桥柳细。草熏风暖摇征辔。离愁渐远渐无穷,迢迢不断如春水。 寸寸柔肠,盈盈粉泪。楼高莫近危阑倚。平芜尽处是春山，行人更在春山外。

【集评】

唱经堂评云：此词前半是自叙，后半是从对面叙，章法极奇。杜诗"今夜鄜州月，闺中只独看"，此便脱化出"楼高"句；"遥怜小儿女，未解忆长安"，此便脱化出"平芜"二句。从一人心里想出两人心事，幻绝奇绝。前半第一、第二句"残"字"细"字写早春如画。第三句"摇"字，不知是草，不知是风，不知是征辔，便觉有离愁在内。第四、第五句只是叙愁却已叙出路程，上二句只是叙路程却都叙出愁来，似此写法妙不可言。后半"楼高莫近危阑倚"七字，从客中忽然说到家里，"平芜尽处是春山，行人更在春山外"十四字，又从家里忽然说到客中，抽思胜阳羡书生矣。

《柯亭词评》云："草熏风暖摇征辔"句，已状春山外之行人。"离愁"二句写行人栩栩欲活。"平芜"句承"草熏"句。

蝶恋花

永日环堤乘彩舫。烟草萧疏，恰似晴江上。水浸碧天风皱浪。菱花荇蔓随双桨。　　红粉佳人翻丽唱。惊起鸳鸯，两两飞相向。且把金尊倾美酿。休思往事成惆怅。

【集评】

唱经堂评云：自来词家作词，多以前半不堪之景，生出后半不堪之情。此独前半写得萧然天放，后半陡然因丽唱转出鸳鸯，因鸳鸯转出往事，又是一样作法。前半"烟草萧疏，恰似晴江上"，天然妙景，天成妙句。后半从丽唱生出鸳鸯，从鸳鸯生出往事，文字只是一片，自然之极。

蝶恋花

　　越女采莲秋水畔。窄袖轻罗，暗露双金钏。照影摘花花似面。芳心只共丝争乱。　　溪鹁滩头风浪晚。雾重烟轻，不见来时伴。隐隐歌声归棹远。离愁引着江南岸。

【集评】

　　唱经堂评云：此词写采莲女郎神态及小心胆怯情景，令人读之如亲见其人。前半"窄袖轻罗，暗露双金钏"九字，只写得上句中一"采"字耳。却亦只须写一"采"字，便活画出越女全身。顾虎头所谓落笔须向阿堵中传神者，此类是也。"照影摘花花似面"句，上影是水中面，下花是水中花，造语灵幻之极。花似面即知面似花也。下句便趁势写出他芳心来，却又以藕丝衬贴之，细极妙极。后半前二句，上句"风浪晚"三字，下句"雾重烟轻"四字合成七字写景，是为两让法。"不见来时伴"五字却从采莲上想出，妙妙。若不因此五字，便是采莲，不足咏矣。"风浪晚""雾重烟轻"七字是写此，"隐隐歌声归棹远"句是写彼。又，一是写见，一是写闻。"离愁引着江南岸"者，因其着岸而知其心愁也，却反云愁心引之着岸，炼句之妙至此。

少年游

　　阑干十二独凭春。晴碧远连云。二月三月，千里万里^[一]，行色苦愁人。　　　谢家池上，江淹浦上^[二]，吟魄与离魂。那堪疏雨滴黄昏。更特地、忆王孙。

【校记】

　　[一]二月三月，千里万里　《全宋词》作"千里万里，二月三月"。

　　[二]上　《全宋词》作"畔"。

【集评】

　　吴虎臣曰：不惟君复、圣俞二词不及，虽求诸唐人温、李集中，殆与之为一矣。

　　王观堂曰：诗之妙处，唯在不隔。词亦如是。即以一人一词论，如欧阳公《少年游》咏春草，上半阕云"阑干十二独凭春。晴碧远连云。二月三月，千里万里，行色苦愁人"，语语都在目前，便是不隔。至云"谢家池上，江淹浦上"，则隔矣。

林逋

字君复，钱塘人。结庐孤山二十年。英宗闻其名，诏长吏岁时劳问。卒赐谥和靖先生。有集。

点绛唇

　　金谷年年，乱生春色谁为主。余花落处。满地和烟雨。　　又是离歌，一曲长亭暮[一]。王孙去。萋萋无数。南北东西路。

【校记】

　　[一]曲　《全宋词》作"阕"。

【集评】

　　《艺苑雌黄》云：张子野《过和靖隐居》一联，"湖山隐后居空在，烟雨词亡草自青"，自注云"先生尝著《春草曲》，有'满地和烟雨'之句"。

　　黄蓼园日："南北东西路"句，宜缓读，一字一读，恰是"无数"二字神味。

梅尧臣

字圣俞，宣城人。嘉祐初，召试，赐进士。擢国子监直讲，历尚书都官员外郎。卒。有《宛陵集》。

苏幕遮

露堤平，烟墅杳。乱碧萋萋，雨后江天晓。独有庾郎年最少。窣地春袍，嫩色宜相照。　　接长亭，迷远道。堪怨王孙，不记归期早。落尽梨花春事了[一]。满地残阳，翠色和烟老。

【校记】

[一] 事　《全宋词》作"又"。

【集评】

刘融斋曰："落尽梨花春事了，满地残阳，翠色和烟老"，此一种似为少游开先，盖言其以幽趣胜也。

许嵩庐曰：前结用"嫩色"，后结用"翠色"，犯重。

晏幾道

字叔原，号小山。殊幼子。监颖昌许田镇。能文章，尤工乐府。有《小山词》。

临江仙

梦后楼台高锁，酒醒帘幕低垂。去年春恨却来时。落花人独立，微雨燕双飞。　　记得小蘋初见，两重心字罗衣。琵琶弦上说相思。当时明月在，曾照彩云归。

【集评】

谭复堂曰："落花人独立，微雨燕双飞"，名句，千古不能有二。"当时明月在，曾照彩云归"，所谓柔厚处在此。

《柯亭词评》云：《小山词跋》言，"始时沈廉叔、陈君宠家，有莲、鸿、蘋、云四侍儿，品清讴娱客。每得一解，即以草授诸儿，吾三人持酒听之，以为笑乐"，此词殆追思蘋、云而作。前半写现在，后半写当年。前后结两名句，可入锦囊，故至今脍炙人口。

鹧鸪天

彩袖殷勤捧玉钟。当年拼却醉颜红。舞低杨柳楼心月，歌尽桃花扇底风[一]。　　从别后，忆相逢。几回魂梦与君同。今宵剩把银釭照，犹恐相逢是梦中。

【校记】

[一]底　《全宋词》作"影"。

【集评】

晁无咎曰：叔原不蹈袭人语，而风调闲雅，自是一家。如"舞低杨柳楼心月，歌尽桃花扇底风"，自可知此人不生于三家村中也。

刘公勇曰："夜阑更秉烛，相对如梦寐"，叔原则云"今宵剩把银釭照，犹恐相逢是梦中"，此诗与词之分疆也。

陈倦鹤曰："舞低"二句由上之"当年"贯下，语虽实而气则虚。此学者所应知也。末二句笔特夭娇，语特含蓄，其聪明处固非笨人所能梦见，细腻处亦非粗人所能领会，其蕴藉更非凡夫所能企及。

《柯亭词评》云：前半写当年，后半写现在，文势直泻而下，非有前后二名句衬托，章法未免平直，学者须知。

阮郎归

天边金掌露成霜。云随雁字长。绿杯红袖趁重阳[一]。人情似故乡。　　兰佩紫，菊簪黄。殷勤理旧狂。欲将沉醉换悲凉。清歌莫断肠。

【校记】

[一]趁　《全宋词》作"称"。校云："'称'原作'趁'，改从陆校本《小山词》。"

【集评】

况蕙风曰："绿杯"二句，意正厚矣。"殷勤理旧狂"，五字三层意。狂者，所谓一肚皮不合时宜，发见于外者也。狂已旧矣，而理之，而殷勤理之，其狂若有甚不得已者。"欲将沉醉换悲凉"，是上句注脚。"清歌莫断肠"，仍含不尽之意。此词沉着厚重，得此结句，便觉竟体空灵。

陈倦鹤曰：小山词多聪俊语，一览即知其胜，此则非好学深思不能知其好处。

《柯亭词评》云：前结之"绿杯红袖"，后结之"沉醉""清歌"，此亦前后片意相应之例。

蝶恋花

庭院碧苔红叶遍。金菊开时，已近重阳宴。日日露荷涓绿扇。粉塘烟水澄如练。　　试倚凉风醒酒面。雁字来时，恰向层楼见。几点护霜云影转。谁家芦管吹秋怨。

【集评】

黄蓼园曰：前面平平叙来，至末二句，引入深处，几有"北风其凉"之思矣。"云"而曰"护霜"，写得凛栗，此"芦管"之所以吹怨也。

《柯亭词评》云："凉风醒酒面"承上"重阳宴"来。过片不要断了曲意，小令亦当如是。

张先

字子野，吴兴人。为都官郎中。有《安陆集》，词一卷。

天仙子 [一]

水调数声持酒听。午醉醒来愁未醒。送春春去几时回，临晚镜。伤流景。往事后期空记省。　　沙上并禽池上暝。云破月来花弄影。重重帘幕密遮灯，风不定。人初静。明日落红应满径。

【校记】

[一]《全宋词》序云："时为嘉禾小倅，以病眠不赴府会。"

【集评】

黄蓼园日：听《水调》而愁，自伤卑贱也。"送春"四句，伤流光易去，后期茫茫也。"沙上"二句，言所居岑寂，以沙禽与花自喻也。"重重"二句，言多障蔽也。结句仍缴送春本题，恐其时之晚也。

王观堂日："云破月来花弄影"，着一"弄"字而境界全出。

《柯亭词评》云："午醉"是写昼，"花""月"是写夜。"明日落红"由"风不定"生出，应前"送春"句。临镜伤景因春去不回，此听《水调》而酒醒愁未醒之由来。前后意境统一之至。

青门引

乍暖还轻冷。风雨晚来方定。庭轩寂寞近清明，残花中酒，又是去年病。　　楼头画角风吹醒。入夜重门静。那堪更被明月，隔墙送过秋千影。

【集评】

黄蓼园曰：幽隽。角声而曰"风吹醒"，"醒"字极尖刻。末句那堪送影，真是描神之笔，极希微窅渺之致。

《柯亭词评》云：此不过闲闲描写春绪。晚来风雨，入夜明月，是一日间事。前结连写到去年之残花中酒，便觉全局皆活，不嫌平直矣。

生查子[一]

含羞整翠鬟，得意凭相顾[二]。雁柱十三弦，一一春莺语。　　娇云容易飞，梦断知何处。深院锁黄昏，阵阵芭蕉雨。

【校记】

[一]《全宋词》作欧阳修词。
[二]凭　《全宋词》作"频"。

【集评】

《柯亭词评》云：填词欲得佳句，只将目前本色语结撰，照耀得好，便觉此借彼衬，都成妙谛。如此词第三、第四两句，"一一"字只从"十三"字注沥而出，"莺语"字只从"雁柱"字影射而成是也。第五、第六两句，如此用梦云事，便如未曾经用。"深院锁黄昏"句尤妙，黄昏如何锁得？且锁黄昏与人何与？只说锁黄昏，更不说怨，而怨无穷矣。

柳永

初名三变，字耆卿，乐安人。景祐元年进士。官至屯田员外郎。有《乐章集》一卷。

雨霖铃

寒蝉凄切。对长亭晚，骤雨初歇。都门帐饮无绪，方留恋处^[一]，兰舟催发。执手相看泪眼，竟无语凝噎。念去去、千里烟波，暮霭沉沉楚天阔。　　多情自古伤离别。更那堪、冷落清秋节。今宵酒醒何处，杨柳岸、晓风残月。此去经年，应是良辰、好景虚设。便纵有、千种风情，更与何人说。

【校记】

[一]方 《全宋词》无此字。

【集评】

贺黄公曰："今宵酒醒何处，杨柳岸、晓风残月"，自是古今俊句。

周介存曰：清真词多从耆卿夺胎，思力沉挚处往往出蓝。然耆卿秀淡幽艳，实不可及。后人摭其《乐章》，訾为俗笔，真瞽说也。

刘融斋曰：词有点染。耆卿《雨霖铃》云"多情自古伤离别。更那堪、冷落清秋节。今宵酒醒何处，杨柳岸、晓风残月"，上二句点出"离别""冷落"，"今宵"二句乃就上二句染之。点染之间，不得有他语相隔，隔则警句亦成死灰矣。江顺诒谓："点与染分开说，而引词以证之，阅者无不点首。得画家三昧，亦得词家三昧。"

陈倦鹤曰："杨柳岸"七字，千古名句，从魏承班之"帘外晓莺残月"变化而出。而少游之"酒醒处、残阳乱鸦"，则又由柳词出者。细细咀嚼，当知其余味。盖不独写景工致，而一宵易过之情怀，说来极超脱，又极浑厚。"此去经年"四句，尽情倾吐，老笔纷披，北宋人朴拙本色，不得概以率笔视之。

《柯亭词评》云：此词全非青楼中人送客口吻。代为推想到别前别后，起第二句"对长亭晚"，点时与地，已伏"别"字。"都门帐饮"至"无语凝噎"，写别时情景。"念去去"两句，想到别后，是兰舟正发时。过片"冷落清秋节"，不脱时令，应起句"寒蝉""骤雨"。"今宵"以下，均推想别后，由近及远。"千里烟波"，是兰舟所向之处，"杨柳岸、晓风残月"是兰舟夜泊之地。前后照映，极有情致。全词意境统一，此其一例。

玉蝴蝶

望处雨收云断，凭栏悄悄，目送秋光。晚景萧疏，堪动宋玉悲凉。水风轻、蘋花渐老，月露冷、梧叶飘黄。遣情伤。故人何在，烟水茫茫。　　难忘。文期酒会，几辜风月^[一]，屡变星霜。海阔天遥^[二]，未知何处是潇湘。念双燕、难凭远信，指暮天、空识归航。黯相望。断鸿声里，立尽斜阳。

【校记】

[一] 辜 《全宋词》作"孤"。

[二] 天 《全宋词》作"山"。

【集评】

陈倦鹤曰：耆卿善使直笔、劲笔，一起即见此种笔法，且全篇一气贯注，不使一转笔。梅溪之"晚雨来摧宫树"一首，虽色泽较浓，实亦学柳者也。开口"望处"二字，直贯到"立尽斜阳"。"雨收云断"，是"目"之所能"送"。"凭栏悄悄"，亦即"立"字，且"目送"时神味。"秋光"引起下四句。"晚景"二句，以宋玉悲秋自比，自说身世，仍是虚写，并不侵犯下文。"水风"两对句，实写"秋光"，略施色泽，而蘋老梧飘，俯仰所得，皆因"萧疏""晚景""遣"我"情伤"者。因此念及"故人"，"烟水茫茫"，则秋水伊人之思，一笔拍到作意。换头"难忘"二字陡接，"文期酒会"，是"难忘"之事，是"难忘"之人。"几孤风月"，是盛会不常；"屡变星霜"，是华年易逝：一意化两。"海阔天遥"，则"故人"之远隔。"潇湘""未知""何处"，则"目送"时心境，亦"烟水茫茫"之真诠。于是望音信而觉其"难凭"，指"归航"而悟其"空识"，"故人何在"之感，写得无微不至。"黯相望"总束上文。"断鸿声里"二句，收转到"凭栏悄悄"。"尽"字极辣、极朴、极厚，较之少游之"杜鹃声里斜阳暮"，尤觉力透纸背。盖彼在前结，故含蓄；此在后结，故沉雄也。

《柯亭词评》云：此词全用赋笔。"目送"句即从"望处"句生出。"水风"一联承"晚景萧疏"句来，亦即"目送秋光"之一也。"故人何在"，即在"望处雨收云断"处。"难忘"四句，写别后追怀聚时。"海阔天遥"二句，承"故人何在"句，即所谓"烟水茫茫"处也。"念双燕"一联，仍自"故人何在"句生出。"黯相望"三句，仍结到"目送秋光"。观此可悟前后意须相应之理。

夜半乐

冻云黯淡天气，扁舟一叶，乘兴离江渚。度万壑千岩[一]，越溪深处。怒涛渐息，樵风乍起，更闻商旅相呼，片帆高举。泛画鹢、翩翩过南浦。　　望中酒斾闪闪，一簇烟村，数行霜树。残日下，渔人鸣榔归去。败荷零落，衰杨掩映，岸边两两三三，浣纱游女。避行客、含羞笑相语。　　到此因念，绣阁轻抛，浪萍难驻。叹后约、丁宁竟何据。惨离怀，空恨岁晚归期阻。凝泪眼，渺渺神京路[二]。断鸿声远长天暮。

【校记】

[一] 度 《全宋词》作"渡"。

[二] 渺渺 《全宋词》作"杳杳"。

【集评】

许蒿庐曰：第一叠言道途所经，第二叠言目中所见，第三叠言去国离乡之感。

陈襄碧曰：柳词《夜半乐》，"怒涛渐息，樵风乍起，更闻商旅相呼，片帆高举。泛画鹢、翩翩过南浦"，此种长调，不能不有此大开大阖之笔。后吴梦窗《莺啼序》云"长波妒盼，遥山羞黛，渔灯分影春江宿。记当时、短楫桃根渡"，三四段均用此法。

陈倦鹤曰：第一段只说"扁舟"远渡所过之地，第二段叙途中所见。缓缓叙来，只是说景，别离之意，言外得之。而其写景则极平淡，极幽艳。第三段"到此因念"一语拍转。"绣阁轻抛"，由"游女"想入；"浪萍难驻"，由"败荷""衰杨"想入。"叹后约"以下四句，一句一韵，一韵一意，渐引渐深，字字飞动，促节繁音，急泪哀进。全篇以清动之气，沉雄之魄，运用长句，尤为耆卿特长。郑叔问论词，曰骨气，曰高健，推为词中最高境地者，端在此处。

美成之《西平乐》、梦窗之《莺啼序》，有五六句一韵，四句一韵者，全得力于柳词。盖耆卿之不可及者，全在骨气，不在字面，学者当遗貌取神。彼嗤为纤艳俚俗者，非深得三昧之论也。

《柯亭词评》云：柳词大都用赋笔，所谓"敷陈其事而直言之"，写景然，抒情亦然。此词写舟行感想。第一遍起句，点明初冬时令，以下则写离江渚、度岩壑、入深溪。途中所历，如涛息风起，举帆泛鹢，无一不自行舟生出。结句拍到"过南浦"。第二遍是南浦途中远望情形，而描写"酒斾""烟村""霜树""渔人""游女"等，如观画图，次第开展，工细之极。"残日""败荷""衰杨"等均切定初冬时令，故前后遍词境甚统一。第三遍即因前遍之游女而引出"绣阁轻抛"，以下则全写去国离乡之感。"叹后约"至"长天暮"数句，层递而下，一气贯注，大力盘旋，前所未有。

倾杯乐[一]

　　木落霜洲[二]，雁横烟渚，分明画出秋色。暮雨乍歇，小楫夜泊，宿苇村山驿。何人月下临风处，起一声羌笛。离愁万绪，闻岸草、切切蛩吟如织。　　为忆。芳容别后，水遥山远，何计凭鳞翼。想绣阁深沉，争知憔悴损、天涯行客。楚峡云归，高阳人散，寂寞狂踪迹。望京国。空目断、远峰凝碧。

【校记】

　　[一] 倾杯乐　《全宋词》作《倾杯》。

　　[二] 木　《全宋词》作"鹜"。

【集评】

谭复堂曰：耆卿正锋，以当杜诗。"何人"二句，《文赋》所谓"扶质立干"。"想绣阁深沉"三句，忠厚悱恻，不愧大家。"楚峡"以下，宽处坦夷，正见家数。

陈倦鹤曰：屯田善于羁旅行役，故此类之词多同一机括，然用笔则因调而殊。此词起落翻腾，又与《玉蝴蝶》《夜半乐》两首用直笔者有异。起两句对偶，即所谓"画出秋色"，已隐寓别离之意、沦落之苦。"暮雨"二句，于"秋色"之中，写泊舟之时、泊舟之处。"何人"句提起，于无意中得闻笛声，惹起"离愁"，最擅神韵悠扬之妙，令人荡气回肠。清真以后，多此法门也。"羌笛"是引子，原不足当万绪，故再说所闻"草""蛩"之声，用"似织"二字以足其意。换头由景入情，"芳容别后"之"忆"，即上文"离愁"。"水远山遥"，是"苇村山驿"中感想。"鳞翼"亦无计"凭"之，则两地相思，此情难诉矣。于是就对面设想，"绣阁深沉"，未必知征人之苦，从杜诗"遥怜小儿女，未解忆长安"而出。律以屯田之《八声甘州》下半"想佳人高楼长望"以下，同一意境，而此特浑涵，特浑厚。"楚峡""高阳"，宴游之地，今我已去，则疏狂"踪迹"，遂入于"寂寞"之中，又转到自身，写"小楫夜泊"时境遇。对于"京国"前尘，已不可复寻，惟有于"凝碧""远峰"，空劳"目断"而已。此在柳词为曲折委婉者，所以屯田为慢词之开山人也。

《柯亭词评》云：上半是行客自道途中所历景况，下半是行客想到闺人不知行旅之苦，自己空有惜别之怀，所谓无聊之极思也。

八声甘州

对潇潇、暮雨洒江天，一番洗清秋。渐霜风凄紧[一]，关河冷落，残照当楼。是处红衰翠减，苒苒物华休。惟有长江水，无语东流。　　不忍登高临远，望故乡渺邈，归思难收。叹年来踪迹，何事苦淹留。想佳人、妆楼颙望[二]，误几回、天际识归舟。争知我、倚阑干处，正恁凝愁。

【校记】

[一] 紧　《全宋词》作"惨"。

[二] 凝　《全宋词》作"颙"。

【集评】

《侯鲭录》云：东坡说，"世言柳耆卿曲俗，非也。如'霜风凄紧，关河冷落，残照当楼'，此语于诗句，不减唐人高处"。《复斋漫录》此则作晁无咎语。

刘公勇曰：词有与古诗同妙者。"关河冷落，残照当楼"，敕勒之歌也。

《柯亭词评》云：上半写秋景，极有次序，是江楼眺望所见。"当楼""登高""倚阑"，前后脉络一贯。下半写乡思，"苦淹留"以上是自己打算，"想佳人"以下是为人设想。

安公子

远岸收残雨。雨残稍觉江天暮。拾翠汀洲人寂静，立双双鸥鹭。望几点、渔灯掩映蒹葭浦[一]。停画桡、两两舟人语。道去程今夜，遥指前村烟树。　　游宦成羁旅。短樯吟倚闲凝伫。万水千山迷远近，想乡关何处。自别后、风亭月榭孤欢聚。刚断肠、惹得离情苦。听杜宇声声，劝人不如归去。

【校记】

[一]掩 《全宋词》作"隐"。

【集评】

周介存曰：后阕音节态度，绝类《拜新月慢》，清真"夜色催更"一阕，全从此脱化出来，特较更跌宕耳。

《柯亭词评》云：前半见闻，后半感想，均由"短樯吟倚闲凝伫"句生出，故此句为全词关键。前半写江天向晚景物，次第厘然。后半因江行晚眺，顿起感触，结到归思。"万水千山迷远近"，写晚景已成夜景，先后有序不紊。其上三下七十字句及上三下五八字句，惟屯田独擅，继之者清真而已。另有《祭天神》，亦屯田创调，其句法多与《安公子》相类处。

卜算子慢[一]

江枫渐老，汀蕙半凋，满目败红衰翠。楚客登临，正是暮秋天气。引疏砧、断续残阳里。对晚景、伤怀念远，新愁旧恨相继。　　脉脉人千里。念两处风情，万重烟水。雨歇天高，望断翠峰十二。尽无言、谁会凭高意。纵写得、离肠万种，奈飞鸿谁寄[二]。

【集评】

周介存曰：后阕一气转注，联翩而下，清真最得此妙。

《柯亭词评》云："满目"句，紧承"江枫""汀蕙"二句。"暮秋天气"点时令。"引疏砧"句，是见亦是闻。"对晚景"二句，由景入情。"脉脉人千里"承上"念远"句，所谓过片不断曲意也。后半演旧愁新恨，分三层写隔别之苦："两处风情，万重烟水"一层；"雨歇天高，望断翠峰"二层；"离肠万种，孤鸿谁寄"三层。"凭高"应上"登临"句，章法谨严之至。

望海潮

东南形胜，三吴都会，钱塘自古繁华。烟柳画桥，风帘翠幕，参差十万人家。云树绕堤沙。怒涛卷霜雪，天堑无涯。市列珠玑，户盈罗绮、竞豪奢。 重湖叠巘清佳[一]。有三秋桂子，十里荷花。羌管弄晴，菱歌泛夜，嬉嬉钓叟莲娃。千骑拥高牙。乘醉听箫鼓，吟赏烟霞。异日图将好景，归向凤池夸。

【校记】

[一]佳 《全宋词》作"嘉"。

【集评】

《柯亭词评》云："东南"三句写史迹，"烟柳"三句写都会，"云树"三句写形胜，"市列"三句写繁华。"钱塘"句，"参差"句，均紧承以上二句。后段"重湖"三句写风景，"羌管"三句写游乐，"千骑"三句写游人，"异日"二句结到东京。章法整齐，句法雄浑，在柳词中为别格。"三秋桂子，十里荷花"之句，百余年后流播至金，金主亮闻之，欣然起投鞭渡江、立马吴山之志。谢处厚诗云："谁把杭州曲子讴，荷花十里桂三秋。那知卉木无情物，牵动长江万里愁。"以一时兴到之作而引起国家百年之患，殊非耆卿所及料。

蝶恋花 [一]

伫倚危楼风细细。望极春愁，黯黯生天际。草色烟光残照里。无言谁会凭阑意。　　拟把疏狂图一醉。对酒当歌，强乐还无味。衣带渐宽终不悔。为伊消得人憔悴。

【校记】

[一] 蝶恋花　《全宋词》作《凤栖梧》。

【集评】

贺黄公曰：小词以含蓄为佳，亦有作决绝语而妙者。如韦庄"谁家年少足风流，妾拟将身嫁与一生休。纵被无情弃，不能羞"之类是也。柳耆卿"衣带暂宽终不悔，为伊消得人憔悴"亦即韦意，而气加婉矣。

《柯亭词评》云：前半情景夹写，后半实写春态。"衣带"二句，婉曲之至。柳词抒情，惯用赋笔。似此者，集中尚不多见。

王安石

字介甫，临川人。举进士。熙宁初，同中书门下平章事，封舒国公，加司空。卒赠太傅，谥曰文。有《临川集》，词一卷。

桂枝香

登临送目。正故国晚秋，天气初肃。千里澄江似练，翠峰如簇。归帆去棹残阳里，背西风、酒旗斜矗。彩舟云淡，星河鹭起，画图难足。　　念往昔、豪华竞逐。叹门外楼头，悲恨相续。千古凭高对此，漫嗟荣辱。六朝旧事随流水，但寒烟、衰草凝绿^[一]。至今商女，时时犹唱，后庭遗曲。

【校记】

[一] 衰 《全宋词》作"芳"。

【集评】

《古今词话》云：金陵怀古诸公寄调《桂枝香》者三十余家，独介甫为绝唱。东坡见之叹曰："此老野狐精也。"

梁卓如曰：李易安谓介甫文章似西汉，然以作歌词，则人必绝倒。但此作却颉颃清真、稼轩，未可谩诋也。

《柯亭词评》云："千古凭高对此"承"登临送目"句，"六朝旧事随流水"应"故国"，"但寒烟、衰草凝绿"应"晚秋"，脉络井然。

王安国

字平甫，安石弟。举进士。熙宁初，除西京国子教授。终秘阁校理。有《王校理集》。

清平乐 [一]

留春不住。费尽莺儿语。满地残红宫锦污。昨夜南园风雨。　　小怜初上琵琶。晚来思绕天涯。不肯画堂朱户，春风自在杨花。

【校记】

[一]《全宋词》作王安石词。校云："此首别作王安国词，见《唐宋诸贤绝妙词选》卷二。"

【集评】

谭复堂曰："满地"二句倒装，见笔力。末二句，见其品格之高。

《柯亭词评》云："不肯画堂朱户，春风自在杨花"，具见作者身分。杨花，轻薄之物，而能如此写出，真是锦心绣口。

苏轼

字子瞻，眉山人。嘉祐初，试礼部第一。历官中书舍人、翰林学士至礼部尚书。绍圣初，坐讪谤，安置惠州，徙昌化。徽宋立，赦还，提举玉局观。建中靖国元年，卒于常州。高宗朝，赠太师，谥文忠。有《东坡居士词》二卷。

水调歌头

> 丙辰中秋，欢饮达旦[一]，作此篇，兼怀子由。

明月几时有，把酒问青天。不知天上宫阙，今夕是何年。我欲乘风归去，只恐琼楼玉宇[二]，高处不胜寒。起舞弄清影，何似在人间。　　转朱阁，低绮户，照无眠。不应有恨，何事长向别时圆。人有悲欢离合，月有阴晴圆缺，此事古难全。但愿人长久，千里共婵娟。

【校记】

[一]欢饮达旦　《全宋词》作"欢饮达旦，大醉"。

[二]只　《全宋词》作"又"。

【集评】

张叔夏曰：词以意为主，要不蹈袭前人语。如东坡中秋《水调歌头》、夏夜《洞仙歌》，清空中有意趣，无笔力者未易到。

王湘绮曰：通体妥帖，恰到好处。又云：大开大合之笔，亦他人所不能。

《柯亭词评》云：前半从天上写月，后半自人间写月。寓意高远，运笔空灵，寄慨无端，别有天地。

永遇乐

彭城夜宿燕子楼，梦盼盼，因作此词。[一]

明月如霜，好风如水，清景无限。曲港跳鱼，圆荷泻露，寂寞无人见。紞如三鼓，铿然一叶，黯黯梦云惊断。夜茫茫、重寻无处，觉来小园行遍。　　天涯倦客，山中归路，望断故园心眼。燕子楼空，佳人何在，空锁楼中燕。古今如梦，何曾梦觉，但有旧欢新怨。异时对、黄楼夜景，为余浩叹。

【校记】

[一]《全宋词》序云："公旧注云：夜宿燕子楼，梦盼盼，因作此词。一云：徐州梦觉北登燕子楼作。"

【集评】

《高斋词话》云："燕子楼空，佳人何在，空锁楼中燕"，晁无咎曰，只三句，便说尽张建封事。

刘公勇曰：词有与古诗同妙者。"燕子楼空，佳人何在，空锁楼中燕"，平生少年之篇也。

《柯亭词评》云："清景无限""寂寞无人见""黯黯梦云惊断"，均各紧承以上三句。"觉来"句自"梦云惊断"句生出，"何曾梦觉"又自"觉来"句生出，而用翻腾之笔以出之，亦可目为词论。

水龙吟·次韵章质夫杨花词

似花还似非花，也无人惜从教坠。抛家傍路，思量却是，无情有思。萦损愁肠，困酣娇眼，欲开还闭。梦随风万里，寻郎去处，又还被、莺呼起。　　不恨此花飞尽，恨西园、落红难缀。晓来雨过，遗踪何在，一池萍碎。春色三分，二分尘土，一分流水。细看来、不是杨花点点，是离人泪。

【集评】

张叔夏曰：东坡次章质夫杨花《水龙吟》韵，机锋相摩，起句便合让东坡出一头地，后片愈出愈奇，真是压倒今古。

刘融斋曰：邻人之笛，怀旧者感之；斜谷之铃，溺爱者悲之。东坡《水龙吟》和章质夫咏杨花云"细看来、不是杨花点点，是离人泪"，亦同此意。

王观堂曰：东坡《水龙吟》咏杨花，和韵而似原唱；章质夫词，原唱而似和韵。才之不可强也如是。又曰：咏物之词，自以东坡《水龙吟》为最工。

陈倦鹤曰："梦随风"四句，描写入微，却极浑化。"春色"三句，名隽超脱，为千古绝唱。特由其一气卷舒，町畦化尽，故仍觉有浑沦气象，否则作算博士语，一挑一剔，非伤薄即伤纤。东坡此等处，却不许人捧心也。"细看来"以下，以翻为收，更进一层说法。"离人"之"泪"，近承"流水"，远承"寻郎"，于法极密，于意亦悠悠不尽。通篇格律精细，固不容豪放者借口；而紧切着题，融化不涩，亦咏物题之正法眼藏。谁谓才大者不受羁勒哉！

《柯亭词评》云：此词运笔空灵之极。题咏杨花，实写离情。起句"似花还似非花"，便得咏物贵不即不离秘诀。刘融斋谓可作全词评语，信然。“抛家傍路”六排句，写杨花之情状。“梦随风”三句，始点出离情。换头“不恨此花飞尽，恨西园、落红难缀”承“也无人惜从教坠”句，与之呼应一气。“晓来雨过”六排句，写杨花之身世，用笔何等空灵。“细看来”三句，仍结到离情，与前结相呼应。

卜算子·黄州定惠院寓居作[一]

缺月挂疏桐，漏断人初静。谁见幽人独往来，缥缈孤鸿影。　　惊起却回头，有恨无人省。拣尽寒枝不肯栖，寂寞沙洲冷[二]。

【校记】

[一]《全宋词》无词题，引黄庭坚跋语云：“黄鲁直跋云：东坡道人在黄州时作，语意高妙，似非吃烟火食人语。非胸中有万卷书，笔下无一点尘俗气，孰能至是。”

[二]寂寞沙洲冷　《全宋词》作“枫落吴江冷”。

【集评】

黄蓼园曰：此东坡自写在黄州之寂寞耳。初从人说起，言如孤鸿之冷落。下专就鸿说，语语双关。格奇而语隽，斯为超诣神品。

陈倦鹤曰：通首空中传恨，一气呵成，亦具有“缥缈孤鸿”之象。于小令为别调，而一片神行，则温、韦、欧、晏所未有者。

蝶恋花[一]

花褪残红青杏小。燕子飞时，绿水人家绕。枝上柳绵吹又少。天涯何处无芳草。　　墙里秋千墙外道。墙外行人，墙里佳人笑。笑渐不闻声暂杳[二]。多情却被无情恼。

【校记】

[一]《全宋词》于词牌后标词题"春景"。

[二]暂杳 《全宋词》作"渐悄"。

【集评】

王阮亭云："枝上柳绵"，恐屯田缘情绮靡，未必能过。孰谓东坡但解作"大江东去"耶？髯直是绝伦超群。

蝶恋花

春事阑珊芳草歇。客里风光，又过清明节。小院黄昏人忆别。落红处处闻啼鴂。　　咫尺江山分楚越。目断魂消[一]，应是音尘绝。梦破五更心却折。角声吹落梅花月。

【校记】

[一]消 《全宋词》作"销"。

【集评】

王阮亭曰：字字惊心动魄。"只为一声何满子，下泉须吊孟才人"，恐无此魂消也。

浣溪沙

道字娇娥苦未成[一]。未应春阁梦多情。朝来何事绿鬖倾。　　彩索身轻常趁燕，红窗睡重不闻莺。困人天气近清明。

【校记】

[一]娥 《全宋词》作"讹"。

【集评】

贺黄公曰：苏子瞻有"铜琶铁板"之讥，然其《浣溪沙·春闺》云"彩索身轻常趁燕，红窗睡重不闻莺"，如此风调，令十七八女郎歌之，岂在"晓风残月"之下？

黄庭坚

字鲁直，分宁人。举进士。元祐初，为校书郎。迁集贤校理，擢起居舍人。追谥文节。有《山谷词》二卷。

鹧鸪天 [一]

黄菊枝头破晓寒 [二]。人生莫放酒杯干。风前横笛斜吹雨，醉里簪花倒着冠。　　身健在，且加餐。舞裙歌板尽情欢 [三]。黄花白发相牵挽，付与时人冷眼看。

【校记】

[一]《全宋词》有小序："坐中有眉山隐客史应之和前韵，即席答之。"

[二]破　《全宋词》作"生"。

[三]情　《全宋词》作"清"。

【集评】

沈天羽曰：东坡"破帽多情却恋头"，翻龙山事特新。山谷"风前横笛斜吹雨，醉里簪花倒着冠"，尤宜得妙。

黄蓼园曰：菊，称其耐寒则有之，曰"破寒"，更写得菊精神出。曰"斜吹雨""倒着冠"，则有傲兀不平气在。末二句，尤在牢骚，然自清迥独出，骨力不凡。

秦观

字少游，高邮人。登第后，苏轼荐于朝。官至秘书省正字，兼国史院编修。坐党籍，徙柳州，编管横州，又徙雷州。徽宗立，放还，至藤州卒。有《淮海词》三卷。

望海潮·洛阳怀古 [一]

梅英疏淡，冰澌溶泄，东风暗换年华。金谷俊游，铜驼巷陌，新晴细履平沙。长记误随车。正絮翻蝶舞，芳思交加。柳下桃蹊，乱分春色到人家。　　西园夜饮鸣笳。有华灯碍月，飞盖妨花。兰苑未空，行人渐老，重来是事堪嗟。烟暝酒旗斜。但倚楼极目，时见栖鸦。无奈归心，暗随流水到天涯。

【校记】

[一]《全宋词》于词牌后未标词题。

【集评】

周介存曰：两两相形，以整见动。以两"到"字作眼，点出"换"字精神。

谭复堂曰："长记误随车"句，顿宕。"柳下桃蹊"二句，旋断仍连。"华灯碍月，飞盖妨花"，陈、隋小赋缩本。填词家不以唐人为止境也。

陈倦鹤曰：此词局度安详，语意婉约，气味醇厚，少游本色。"华灯"八字，将富丽华贵景象加倍摹写，造句之工，如齐梁小赋。"碍"

字、"妩"字，并开南宋人词眼之法，而此处愈说得热闹。下三句之转笔愈觉有力，又为清真所自出也。

《柯亭词评》云："梅英"三句写时。"金谷"三句写地。"长记"以下，至"飞盖妨花"，是忆旧游。"兰苑"二句，仍回到目前。"重来"句，点醒，与"长记"句呼应。"烟暝"以下，所谓"堪嗟"之事，由"行人渐老"生出。"金谷""兰苑"，均指西园。"流水"句，回顾"冰澌融泄"句。

八六子

倚危亭。恨如芳草，萋萋刬尽还生。念柳外青骢别后，水边红袂分时，怆然暗惊。　　无端天与娉婷。夜月一帘幽梦，春风十里柔情。怎奈向、欢娱渐随流水，素弦声断，翠绡香减，那堪片片飞花弄晚，蒙蒙残雨笼晴。正消凝[一]。黄鹂又啼数声。

【校记】

[一] 消 《全宋词》作"销"。

【集评】

张叔夏曰：离情当如此作，全在情景交换，得言外意。

洪容斋曰："片片"以下，语句清峭，为名流推激。

周介存曰：神来之作。

陈倦鹤曰：此词起处突兀，中间委婉曲折，道尽心中菀结，而确是别后追念之心情。"那堪"以下，不再说情，专就景描写，而一往情深，令人读之魂消意尽。至造句之工稳，写景之细腻，犹其余事。此全从五代小令中得来者，观之可知变化之由来。而"怎奈向"五句一韵，大气贯注，亦与柳耆卿同工。

《柯亭词评》云：此词自首至尾，一气卷舒。须玩其领字"念""无端""怎奈向""那堪""正"等转折呼应处。"念"字直贯至"翠绡香减"句。"声断""香减"紧承上"流水"。"那堪"以下均是"倚危亭"所见。"飞花"一层，"残雨"二层，"黄鹂"三层，此即如芳草之恨所由生。后半文势联翩而下，"正消凝"一顿收住，恰好。

踏莎行

雾失楼台，月迷津渡。桃源望断无寻处。可堪孤馆闭春寒，杜鹃声里斜阳暮。　　驿寄梅花，鱼传尺素。砌成此恨无重数。郴江幸自绕郴山，为谁流下潇湘去。

【集评】

王阮亭曰："郴江幸自绕郴山，为谁流下潇湘去"，千古绝唱。秦殁后，东坡常书此词于扇云："少游已矣，虽万人何赎！"高山流水之悲，千载而下，令人腹痛。

王观堂曰："可堪孤馆闭春寒，杜鹃声里斜阳暮"，有我之境也。又云：少游词境最为凄惋，至"可堪孤馆闭春寒，杜鹃声里斜阳暮"，则变为凄厉矣。东坡赏其后二语，犹为皮相。

陈倦鹤曰：自写羁愁，造语尤隽永有味，实从晏氏父子出者。"可堪"二句，就词之局势论，为进一层语。前三句以地言，"可堪"以下乃人所感受，然皆景也。换头始言人事。末二句透过一层立论，乃更沉郁。按，少游《阮郎归》结拍云："衡阳犹有雁传书，郴阳和雁无。"《江城子》结拍云："便做春江都是泪，流不尽、许多愁。"《虞美人》结拍云："争奈无情江水不西流。"同一心境，同一妙句，而《阮郎归》老辣，《江城子》《虞美人》清新，惟此为超脱浑厚，宜东坡之爱不忍释也。

减字木兰花

　　天涯旧恨。独自凄凉人不问。欲见回肠。断续熏炉小篆香[一]。　　黛蛾长敛。任是东风吹不展[二]。困倚危楼。过尽飞鸿字字愁。

【校记】

　　[一]续　《全宋词》作"尽"。熏　《全宋词》作"金"。
　　[二]东　《全宋词》作"春"。

【集评】

　　《柯亭词评》云：此亦被谪后之作，故不觉其辞之凄婉。冯梦华谓淮海"古之伤心人，其淡语皆有味，浅语皆有致"，观此益信。

好事近·梦中作

　　春路雨添花，花动一山春色。行到小桥深处[一]，有黄鹂千百。飞云当面化龙蛇，夭矫转空碧。醉卧古藤阴下，了不知南北。

【校记】

[一]桥 《全宋词》作"溪"。

【集评】

周介存曰：橐括一生，结语遂作藤州之谶。"飞云"二句，造语奇警，不似少游寻常手笔。

《柯亭词评》云：梦境奇，造语亦奇，在淮海集中为别调。

晁补之

字无咎，巨野人。受知苏轼。举进士。元祐初，除秘书省正字。迁校书郎。以秘阁校理通判扬州。召还为著作郎。坐党籍徙。大观末，起知泗州。卒。有《鸡肋集》《琴趣外篇》。

摸鱼儿·东皋寓居

买陂塘、旋栽杨柳，依稀淮岸湘浦[一]。东皋雨足轻痕涨[二]，沙觜鹭来鸥聚。堪爱处。最好是、一川夜月光流渚。无人自舞[三]。任翠幕张天[四]，柔茵藉地，酒尽未能去。　　青绫被，休忆金闺故步[五]。儒冠曾把身误。弓刀千骑成何事，荒了邵平瓜圃。君试觑。满青镜、星星鬓影今如许。功名浪语。便做得班超[六]，封侯万里，归计恐迟暮。

【校记】

[一] 湘　《全宋词》作"江"。

[二] 雨足　《全宋词》作"嘉雨"。轻　《全宋词》作"新"。

[三] 自　《全宋词》作"独"。

[四] 幕　《全宋词》作"幄"。

[五] 休　《全宋词》作"莫"。

[六] 做　《全宋词》作"似"。

【集评】

刘融斋曰：无咎词堂庑颇大。人知辛稼轩《摸鱼儿》"更能消、几番风雨"一阕，为后来名家所竞效。其实辛词所本，即无咎《摸鱼儿》"买陂塘、旋栽杨柳"之波澜也。

黄蓼园曰：语意峻切，而风调自清迥拔俗。故真西山极赏之。

《柯亭词评》云：此词前半写隐居之乐，后半叙功名迟误，为隐居之因。"买陂塘"句及"功名浪语"句，为前后片关键。"淮岸湘浦"衬陂塘。"东皋"四句，写水边景物，承"陂塘"句来。"无人"四句，从"旋栽杨柳"句生出。"青绫被"，从"翠幕""柔茵"联想而得。"休忆"四句，写功名误人。"君试觑"二句，自伤老大。"功名"四句，故作觉悟语。末句仍收到归隐。

洞仙歌·泗州中秋作 [一]

青烟幂处，碧海飞金镜。永夜闲阶卧桂影。露凉时、零乱多少寒螀，神京远，惟有蓝桥路近。　　水晶帘不下，云母屏开，冷浸佳人淡脂粉。待都将许多明月 [二]，付与金尊，投晓共、流霞倾尽。更携取、胡床上南楼，看玉做人间，素波千顷。

【校记】

[一]《全宋词》后又有"此绝笔之词也"。

[二]月　《全宋词》无此字。

【集评】

胡元任曰：凡作诗词，要当如常山之蛇，救首救尾，不可偏也。如晁无咎《洞仙歌》其首云"青烟幂处"三句，固已佳矣。其后阕"待都将"至"素波千顷"，若此可谓善救首尾者矣。

黄蓼园曰：前评固甚得谋篇构局之法。至其前段从无月看到有月，后段从有月看到月满人间。层次井然，而词致奇杰。各段俱有新警语，自觉冰魂玉魄，气象万千，兴乃不浅。

吴霜厓曰：无咎词酷似东坡，不独《摸鱼儿》一阕然也。如《满江红》之"东武城南"，《永遇乐》之"松菊堂深"，皆直摩子瞻之垒。而灵气往来，自有天然之秀。胡元任盛称其《洞仙歌》，谓如"常山之蛇，救首救尾"，可云知无咎者矣。

《柯亭词评》云：起三句，就月写目前情景。"露凉"以下，于景物中写别情，言神京之佳人不得见，可见者，蓝桥之佳人耳。过片"水晶"三句，承"蓝桥"句来，仍不脱"月"字。以下写金尊对月，南楼玩月，竟体空灵之至。

盐角儿·亳社观梅

开时似雪。谢时似雪。花中奇绝。香非在蕊，香非在萼，骨中香彻。　　占溪风，留溪月。堪羞损、山桃如血。直饶更、疏疏淡淡，终有一般情别。

【集评】

《柯亭词评》云：前片上三句写色，下三句写香。后片上三句写花之丰韵，结二句双管齐下，是花是人，不复可辨。

忆少年·别历下

无穷官柳，无情画舸，无根行客。南山尚相送，只高城人隔。　　罨画园林溪绀碧。算重来、尽成陈迹。刘郎鬓如此，况桃花颜色。

【集评】

《柯亭词评》云：前后二结句，均作进一步语。"桃花颜色"，即所谓"高城人"也。此阕与前阕，均语意清新，不言愁而愁在其中，是另出一机杼为之者。冯梦华谓"无咎所为诗余，无子瞻之高华，而沉咽则过之"，此殆所谓沉咽者矣。

张耒

字文潜，楚州淮阴人。第进士。历官起居舍人。以直龙图阁知润州。坐党籍，谪官。晚监南岳庙，主管崇福宫。有《宛丘集》。

风流子

亭皋木叶下[一]，重阳近，又是捣衣秋。奈愁入庾肠，老侵潘鬓，谩簪黄菊，花也应羞。楚天晚，白蘋烟尽处，红蓼水边头。芳草有情，夕阳无语，雁横南浦，人倚西楼。　　玉容知安否，香笺共锦字，两处悠悠。空恨碧云离合，青鸟沉浮。向风前懊恼，芳心一点，寸眉两叶，禁甚闲愁。情到不堪言处，分付东流。

【校记】

[一]亭皋木叶　《全宋词》作"木叶亭皋"。

【集评】

况蕙风曰：张文潜《风流子》"芳草有情"四句，景语亦复寻常，惟用在过拍，即此顿住，便觉老当浑成。换头"玉容知安否"，融情入景，力量甚大。此等句有力量，非深于词，不能知也。"香笺"至"沉浮"，微嫌近滑。幸"愁"韵四句，深婉入情，为之补救，而"芳心""翠眉"，又稍稍刷色。下云"情到不堪言处，分付东流"，盖至是不能不用质语为结束矣。虽古人用心，未必如我所云，要不失为知人之言也。"香笺共锦字，两地悠悠"，吾人填词，断不肯如此率意，势必缩两句为一句，下句更添一意，由情中、景中生出皆可，情景兼到，又尽善矣。虽云突过前人不易，或反不逮前人，视平昔之功力，临时之杼轴何如耳。

《柯亭词评》云："亭皋"三句，感时序迁流。"奈愁入"四句，嗟年华老大。"楚天"以下，泛写秋景。结二句，逗入怀人。换头"玉容知安否"，紧承前结，所谓过片不要断了曲意，此类是也。"香笺"四句，写消息两隔。"向风前"四句，从对面着想。后结二句，写无聊之极思。

贺铸

字方回，卫州人。元祐中，通判泗州，又倅太平州。退居关下，自号庆湖遗老。有《东山写声乐府》三卷。

石州引

　　薄雨收寒[一]，斜照弄晴，春意空阔。长亭柳蓓才黄[二]，倚马何人先折[三]。烟横水漫[四]，映带几点归鸿[五]，平沙销尽龙荒雪[六]。犹记出关来[七]，恰如今时节[八]。　　将发。画楼芳酒，红泪清歌，便成轻别[九]。回首经年[十]，杳杳音尘都绝[十一]。欲知方寸，共有几许清愁，芭蕉不展丁香结。憔悴一天涯[十二]，两厌厌风月。

【校记】

　　[一]收　《全宋词》作"初"。

　　[二]蓓　《全宋词》作"色"。

　　[三]倚马何人　《全宋词》作"远客一枝"。

　　[四]漫　《全宋词》作"际"。

　　[五]鸿　《全宋词》作"鸦"。

　　[六]平沙　《全宋词》作"东风"。荒　《全宋词》作"沙"。

　　[七]犹　《全宋词》作"还"。

　　[八]如　《全宋词》作"而"。

　　[九]便　《全宋词》作"顿"。

　　[十]回首　《全宋词》作"已是"。

　　[十一]都　《全宋词》作"多"。

[十二]憔悴一　《全宋词》作"枉望断"。

【集评】

陈倦鹤曰：宋人短书言词之本事，每多附会，今姑置之。就词而论，第一句至第八句，皆写当前之景，为"而今时节"四字极力铺排。由"而今时节"想到前此之出关，始觉景物相同，离别之感适于无意中得之。"犹记"一转，是顿悟之境，是急转之笔，而说来若不经意，神味隽永绝伦。且有此十字而上文云云，皆非虚藻矣。换头四句，从"犹记"一气贯下，前后段黏合为一，全是追溯往事之神情。"回首经年"以下，遂申说别情。"欲知方寸"五句，一气赶下，取飘风骤雨之势。用"共有几许"一问，以"芭蕉不展丁香结"为答，比喻既微妙无伦，即着色上亦与上文之"柳色才黄"有浅深之别，而皆初春景物，不假别求，有融化无迹之妙，宜乎古今推为绝唱也。结拍二句实作隔一天涯，两地相望。"厌厌"二字，从风月上写出久别之情。上句一人所独，下句括两人言之。至此不能再着一语矣。

《柯亭词评》云："薄雨收寒"八句，均写目前景物。但因"柳蓓"而想到折柳赠行，因"归鸿"而想到龙荒雪消，情景交融，全神已笼罩。下阕则目前景物，亦非泛写矣。"犹记出关来"至"回首经年"，均写分别时情景。"杳杳音尘都绝"以下，方写现在别怀，且包括两面言之。后结"憔悴一天涯，两厌厌风月"，有语尽意不尽之妙。

望湘人·春思

厌莺声到枕，花气动帘，醉魂愁梦相半。被惜余熏，带惊剩眼。几许伤春春晚。泪竹痕鲜，佩兰香老，湘天浓暖。记小江、风月佳时,屡约非烟游伴。　　　须信鸾弦易断。奈云和再鼓,曲终人远。认罗袜无踪,旧处弄波清浅。青翰棹舣,白蘋洲畔。尽目临皋飞观。不解寄、一字相思,幸有归来双燕。

【集评】

黄蓼园曰:意致浓腴,得骚辨之遗。张文潜称其乐府,绝妙一世。幽索如屈宋,悲壮如苏李,断推此种。

陈倦鹤曰:寻味词意,多是伤离之作。全篇言情,而以景入之,则东山家法也。

《柯亭词评》云:"厌莺声到枕"至"湘天浓暖",正写春思,大有物是人非之感。"被惜余熏"承"到枕"句,"佩兰香老"承"花气"句。"记小江"以下,转作追忆语。过片均自作商量,"鸾弦"句紧接前片。"罗袜""弄波""棹舣""蘋洲",均承"小江""游伴"来,是此词脉络所在。"临皋飞观",有室迩人遐之意。以厌莺声起,以幸归燕结,前后映带成趣。

薄倖

淡妆多态[一]。更的的、频回眄睐。便认得、琴心先许[二],欲绾合欢双带[三]。记画堂、风月逢迎[四],轻颦浅笑娇无奈[五]。向睡鸭炉边[六],翔鸳屏里[七],羞把香罗暗解[八]。　　　自过了烧灯后[九],都不见、踏青挑菜。几回凭双燕,丁宁深意,往来却恨重帘碍[十]。约何时再。正春浓酒困[十一],人闲昼永无聊赖。厌厌睡起，犹有花梢日在。

【校记】

[一] 淡妆 《全宋词》作"艳真"。

[二] 先 《全宋词》作"相"。

[三] 欲绾合欢 《全宋词》作"与写宜男"。

[四] 风月逢迎 《全宋词》作"斜月朦胧"。

[五] 浅 《全宋词》作"微"。

[六] 向睡鸭炉边 《全宋词》作"便翡翠屏开"。

[七] 翔鸳屏里 《全宋词》作"芙蓉帐掩"。

[八] 羞 《全宋词》作"与"。暗 《全宋词》作"偷"。

[九] 烧 《全宋词》作"收"。

[十] 却 《全宋词》作"翻"。

[十一] 困 《全宋词》作"暖"。

【集评】

周介存曰：耆卿于写景中见情，故淡远。方回于言情中布景，故秾至。

《柯亭词评》云：前半追思邂逅始末，后半自述间阻情怀。"花梢日在"，承"昼永"句，言百无聊赖中，每觉日长似年也。

青玉案[一]

凌波不过横塘路。但目送、芳尘去。锦瑟年华谁与度[二]。月台花榭[三]，琐窗朱户。惟有春知处[四]。 碧云冉冉蘅皋暮[五]。彩笔新题断肠句。试问闲愁都几许^[六]。一川烟草，满城风絮。梅子黄时雨。

【校记】

[一]青玉案　《全宋词》作《横塘路》，后标《青玉案》。

[二]年华　《全宋词》作"华年"。

[三]月台花榭　《全宋词》作"月桥花院"。

[四]惟　《全宋词》作"只"。

[五]碧　《全宋词》作"飞"。

[六]试问闲愁　《全宋词》作"若问闲情"。

【集评】

　　刘融斋曰：方回《青玉案》词收四句，其末句好处，全在"试问"句呼起，及与上"一川"二句并用耳。或以方回有"贺梅子"之称，专赏此句，误矣。且此句原本寇莱公"梅子黄时雨如雾"诗句，然则何不目莱公为"寇梅子"耶？

　　陈倦鹤曰："一川烟草"是二三月间，"满城风絮"是三四月间，"梅子黄时雨"是四五月间。历时如此，则"谁与度"之神味，更为完足。或谓"试问"唤起其下三句，为此词空虚处。愚以为"一川烟草"以下十三字写愁之多且久，虚意实作，外结辖而内空虚，即梦窗所自出。至全词皆情，只此三句是景，而用景之法实借以写情，方回融景入情之妙用，尤耐人寻味。

　　《柯亭词评》云：《中吴纪闻》言铸有小筑，在姑苏之横塘。尝往来其间，作此词，山谷最称之，有诗云"解道江南断肠句，只今惟有贺方回"，其为前辈推重如此。因词中有"梅子黄时雨"之句，人皆服其工，故称为"贺梅子"。

踏莎行·荷花 [一]

杨柳回塘，鸳鸯别浦。绿萍涨断兰舟路 [二]。断无蜂蝶慕幽香，红衣脱尽芳心苦。　　返照迎潮，行云带雨。依依似与骚人语。当年不肯嫁东风，如今却被秋风误。

【校记】

[一] 踏莎行 《全宋词》作《芳心苦》。

[二] 兰 《全宋词》作"莲"。

【集评】

许蒿庐曰："断无"二句，见身分。"当年"二句，有美人迟暮之感。

浣溪沙

云母窗前歇绣针。低鬟凝思坐调琴。玉纤纤按十三金。　　归卧文园犹带酒，柳花飞度画堂阴。只凭双燕话春心。

【集评】

况蕙风曰："柳花"句融景入情，丰神独绝。近来纤佻一派，误认轻灵，此等处何曾梦见。

浣溪沙 [一]

鸳外红绡一缕霞 [二]。淡黄杨柳带栖鸦 [三]。玉人和月折梅花 [四]。　　笑捻粉香归绣户 [五]，半垂帘幕护窗纱 [六]。东风寒似夜来些。

【校记】

[一] 浣溪沙　《全宋词》作《减字浣溪沙》。

[二] 鸳外红绡　《全宋词》作"楼角初销"。

[三] 带　《全宋词》作"暗"。

[四] 折　《全宋词》作"摘"。

[五] 绣　《全宋词》作"洞"。

[六] 半　《全宋词》作"更"。

【集评】

《渔隐丛话》云："淡黄杨柳带栖鸦"句，写景咏物，造微入妙。

陈倦鹤曰：此种小令，从唐人七言绝句之乐府脱胎而出。全以比兴出之，言景不言情，而情之所寄以言外得之，上也。言情而以景实之，用吞吐之辞，见含蓄之妙，耐人咀嚼，余味盎然，次也。方回此次（词），纯是唐五代遗音，通首无一情语，而深厚之味、绵邈之情，必待几经讽咏，始能领会。

周邦彦

字美成，钱塘人。元丰中，献《汴都赋》，召为太学正。徽宗朝仕至徽猷阁待制，提举大晟府，出知顺昌府，提举洞霄宫。晚居明州卒。自号清真居士。有《片玉词》。

瑞龙吟

章台路。还见褪粉梅梢，试花桃树。愔愔坊陌人家，定巢燕子，归来旧处。　　黯凝伫。因念个人痴小，乍窥门户。侵晨浅约宫黄，障风映袖，盈盈笑语。　　前度刘郎重到，访邻寻里，同时歌舞。唯有旧家秋娘，声价如故。吟笺赋笔，犹记燕台句。知谁伴、名园露饮，东城闲步。事与孤鸿去。探春尽是，伤离意绪。官柳低金缕。归骑晚，纤纤池塘飞雨。断肠院落，一帘风絮。

【集评】

周介存曰："事与孤鸿去"，只一句，化去町畦。又云：不过桃花人面，旧曲翻新耳。看其由无情入，结归无情，层层脱换，笔笔往复处。

吴霜厓曰：词至美成，乃有大宗。前接苏秦，后开姜史。自有词人以来，为万世不祧之祖。究其实亦不外"沉郁顿挫"四字而已。即如《瑞龙吟》一首，其宗旨所在，在"伤离意绪"一语耳。而入手先指明地点曰"章台路"，却不从目前景物写出，而云"还见"，此即沉郁处也。须知"梅梢""桃树"，原来旧物，惟用"还见"云云，则令人感慨无端，低徊欲绝矣。首叠末句云"定巢燕子，归来旧处"，言燕子可归旧处，所谓"前度刘郎"者，即欲归旧处而不得，徒彳亍于悟悟坊陌，章台故路而已，是又沉郁处也。第二叠"黯凝伫"一语为正文，而下文又曲折。不言其人不在，反追想当日相见时状态。用"因念"二字，则通体空虚矣，此顿挫处也。第三叠"前度刘郎"至"身价如故"，言个人不见，但见同里秋娘，未改声价，是用侧笔以衬正文，又顿挫处也。"燕台"句，用义山柳枝故事，情景恰合。"名园露饮，东城闲步"，当时已亦为之，今则不知伴着谁人，赓续雅举。此"知谁伴"三字，又沉郁之至矣。"事与孤鸿去"三语，方说正文，以下说到归院，层次井然，而字字凄切。末以"飞雨""风絮"作结，寓情于景，倍觉黯然。通体仅"黯凝伫""前度刘郎重到""伤离意绪"三语，为作词主意，此外则顿挫而复缠绵，空虚而又沉郁。骤视之，几莫测其用笔之意，此所谓神化也。

《柯亭词评》云：通篇以"柳"为骨干，而写一旧识雏妓。首段一起，便充满物是人非之感。"章台路"已伏"柳"字。"还见褪粉梅梢，试花桃树"又用"梅""桃"衬"柳"字，而"痴小个人"已涌现笔端。第二段始出"痴小个人"。"侵晨"三句，乃回想其姿态装饰，盖"刘郎重到"时感想。第三段始点出"刘郎重到"。"旧家秋娘"陪衬"痴小个人"。"燕台"句，用义山"柳枝"故事，又暗点"柳"字。"知谁伴"二句，言已无"痴小个人"为伴，而秋娘又不足伴也。"还见"二句，是因旧物而思旧人，"犹记"三句是因旧人而怀旧迹。"事与孤鸿去"将以上种种，一笔勾消。"探春尽是，伤离意绪"，言以上所写，莫非"伤离意绪"，都因"探春"而发也。此句是一篇题旨所在。以下全是本篇余波，仍句句不脱伤离之意。"官柳低金缕"，明应一起"章台路"句。"断肠院落，一帘风絮"，仍收到"柳"上，令人低徊不尽。

兰陵王[一]

柳阴直。烟里丝丝弄碧。隋堤上、曾见几番,拂水飘绵送行色。登临望故国。谁识。京华倦客。长亭路,年去岁来,应折柔条过千尺。　　闲寻旧踪迹。又酒趁哀弦,灯照离席。梨花榆火催寒食。愁一箭风快,半篙波暖,回头迢递便数驿。望人在天北。　　凄恻。恨堆积。渐别浦萦回,津堠岑寂。斜阳冉冉春无极。念月榭携手,露桥闻笛。沉思前事,似梦里,泪暗滴。

【校记】

[一]《全宋词》词牌后标词题"柳"。

【集评】

周介存曰:客中送客,一"愁"字代行者设想。以下不辨是情是景,但觉烟霭苍茫。"望"字、"念"字尤幻。

谭复堂曰:"柳阴直,烟里丝丝弄碧"句及"登临望故国"句,用笔欲落不落,已是磨杵成针手段。"愁一箭风快"等句,此类喷醒,非玉田所知。"斜阳冉冉春无极"七字,微吟千百遍,当入三味,出三味。

陈亦峰曰:美成词极其感慨,而无处不郁,令人不能遽窥其旨。如《兰陵王》云"登临望故国。谁识京华倦客",二语是一篇之主。上有"隋堤上、曾见几番,拂水飘绵送行色"之句,暗伏倦客之根,是其法密处。故下接云"长亭路,年去岁来,应折柔条过千尺",久客淹留,和盘托出。他手至此,以下便直抒愤懑矣,美成则不然。"闲寻旧踪迹"二叠,无一语不吞吐。只就眼前景物,约略点缀，更不写淹留之故，却无处非淹留之苦。直至收笔云"沉思前事，似梦里，泪暗滴"，遥遥挽合，妙在才欲说破，便自咽住，则其味正自无穷。

梁卓如曰："斜阳"七字，绮丽中带悲壮，全首精神振起。

海绡翁曰：托柳起兴，非咏柳也。"弄碧"一留，欲出"隋堤"；"行色"一留，却出"故国"；"长亭路"应"隋堤上"；"年去岁来"应"曾见几番"；"柔条千尺"应"拂水飘绵"。全为"京华倦客"四字出力。第二段"旧踪"往事，一留；"离席今情"一留，于是以"梨花榆火催寒食"一句脱开；"愁一箭"至"数驿"三句逆提；然后以"望人在天北"，合上"离席"作歇拍。第三段"渐别浦"至"岑寂"，乃证上"愁一箭"至"波暖"二句，盖有此渐，乃有此愁也。"愁"是逆提，"渐"是顺应。"春无极"正应上"催寒食"，"催寒食"是脱，"春无极"是复。"月榭携手，露桥闻笛"，是离席前事。"似梦里、泪暗滴"，仍用逆挽。周止庵谓复处无脱不缩，故脱处如望海上三神山。词境至此，谓之不神不可也。

陈倦鹤曰：以柳命题却说别情，咏物而不说物，专说与物相关之事，此亦兴体作法。视《六丑》为别一机杼，又与《乐府补题》不同。此词妙处，全在虚处着想，无一沾滞之笔，而"寒食""数驿""别浦""津堠""斜阳""月榭""露桥"，仍与"柳"绾合，题面亦未抛荒。至宋人短书，谓美成以《少年游》词得罪徽宗，押出国门，濒行作此，闻于徽宗，又复召还，郑文焯曾辨其非实。且周氏谓"客中送客"，陈氏谓"久客淹留"，其说各各不同。读此可不必执一以求之。

《柯亭词评》云：题虽赋柳，实写别情，盖河干送客之作也。首段是写过去多次之别。写柳丝、柳绵、柳条，均极有情致。虽未点出行舟，而"隋堤""长亭"，自是泊舟所在。次段是目前之别。过片"闲寻旧踪迹"一语，紧承前段。"酒趁哀弦，灯照离席"是目前景，领以一"又"字，遂与首段一气呼应。"梨花榆火"作"柳"

陪衬。"愁一箭风快"至"望人在天北"数句写行舟，栩栩欲活。三段是别后情景。"凄恻。恨堆积"亦紧承次段。"别浦萦回，津堠岑寂"是行舟已去之景象。"斜阳冉冉春无极"句，总束一笔，黯然魂消。"月榭""露桥"，均别前聚首处，所以回想泪滴。"沉思"二句，极沉郁顿挫之致。以上种种，皆京华倦客所亲经，故此句为一篇之主。

六丑·蔷薇谢后作 [一]

正单衣试酒，怅客里 [二]、光阴虚掷。愿春暂留，春归如过翼。一去无迹。为问家何在 [三]，夜来风雨，葬楚宫倾国。钗钿堕处遗香泽。乱点桃蹊，轻翻柳陌。多情更谁追惜 [四]。但蜂媒蝶使，时扣窗隔。　　东园岑寂。渐蒙笼暗碧。静绕珍丛底，成叹息。长条故惹行客。似牵衣待话，别情无极。残英小、强簪巾帻。终不似一朵，钗头颤袅，向人欹侧。漂流处、莫趁潮汐。恐断红，尚有相思字，何由见得。

【校记】

[一]《全宋词》题作"落花"。

[二] 怅 《全宋词》作"恨"。

[三] 家 《全宋词》作"花"。

[四] 更 《全宋词》作"为"。

【集评】

周介存曰:"愿春暂留,春归如过翼,一去无迹",十三字千回百折,千锤百炼,以下如鹏羽自逝。又云:不说人惜花,却说花恋人;不从无花惜春,却从有花惜春;不惜已簪之残英,偏惜欲去之断红。

谭复堂曰:"愿春"三句,逆入平出,亦平入逆出。"为问"三句,搏兔用全力。"静绕"五句,处处断,处处连。"残英"句,即"愿春暂留"也。"飘流"句,即"春归如过翼"也。末二句仍用逆挽,片玉所独。

陈亦峰曰:"为问家何在",上文有"怅客里、光阴虚掷"之句,此处点醒题旨,既突兀又绵密,妙只五字束住。下文反复缠绵,更不纠缠一笔,却满纸羁愁抑郁,且有许多不敢说处,言中有物,吞吐尽致。

任二北曰:此词大意,乃作者借谢后蔷薇,自表身世。时而单说人,时而单说花,时而花与人融会一处,时而表人与花之所同,时而表人不如花之处。曰"客里",曰"家何在",曰"行客",曰"飘流",是其意旨所在也,前后阕固一贯。前阕首二句说羁人,次三句说花谢。"春归"实花谢之替代语也。以上皆衬副。"为问"三句精粹,既谓因风雨之葬送,致倾国于无家,更谓因属无家之物,故虽擅倾国之姿,风雨亦不见怜,含思哀婉之至,乃说花与说人融会之处也。"钗钿"三句衬副,"多情"三句精粹。"但"字非仅有之义,乃转语"犹有"之意也。零落之余,只遗香泽,应无复追惜之人,但蜂蝶痴惷,犹来叩窗寻问,堪许知己。言外谓客里飘零,终不能得慰藉,人固不如谢后之蔷薇耳。何以知其然?曰:两处精粹,皆特用问语领起,重在表示无家与无人追惜之意,甚分明也。后阕"东园"三句,因物及人,衬副而已,引起下文牵衣话别、强簪残英及断红难见三事。"成叹息"一语,直贯到底。所叹息者,上三事皆在内也。落花向行客话别,自多同病之怜，残英强簪，乃令人回想昔时姿韵，映带谢后景况，有无限珍惜。推此珍惜之意，觉芳时固当郑重，即谢时亦何容草草？断红之内，固属寓相思无限也。前一事花与人自为联络，后二句似全说花，而由花与人之处，消息只可以神会，而难于说实。末句复用一问语，以示有物无可表见之意。若于"东园"三句之词意中，即先安排流水，则歇拍之"潮汐""断红"，便属有根，组织乃益为致密矣。或谓残英强簪，不为钗头颤袅、向人欹侧之态，乃觉残英自有残英可贵之品格。以喻人虽为落拓之行客，终是孤高绝俗，不作阿世丑容，义尤精到。

《柯亭词评》云：是调多于四字句叶韵，如"一去无迹"，如"轻翻柳陌"，如"时扣窗隔"，如"东园岑寂"，如"别情无极"，如"向人欹侧"，如"何由见得"。与其他长句、短句配合，而极顿挫跌宕之能事。填此调，若拙于行气，必病纠缠拖沓。清真此词，反复吞吐，操纵自如，良由行气功深，故能六辔在手如此。

浪淘沙慢 [一]

昼阴重，霜凋岸草，雾隐城堞。南陌脂车待发。东门帐饮乍阕。正拂面垂杨堪揽结 [二]。掩红泪、玉手亲折。念汉浦离鸿去何许，经时信音绝。　　情切。望中地远天阔。向露冷风清，无人处、耿耿寒漏咽。嗟万事难忘，惟是轻别。翠尊未竭。凭断云留取，西楼残月。罗带光销纹衾叠。连环解、旧香顿歇。怨歌永、琼壶敲尽缺。恨春去、不与人期，弄夜色，空余满地梨花雪。

[一]浪淘沙慢 《全宋词》作《浪涛沙》。

[二]揽 《全宋词》作"缆"。

【集评】

周介存曰：第二段，空际出力，梦窗最得其诀。"翠尊未竭"，三句一气赶下，是清真长技。第三段，钩勒劲健峭举。

谭复堂曰："正拂面"二句，以见难忘在此。"翠尊"三句，所谓以无厚入有间也。"断"字、"残"字，皆不轻下。"恨春去不与人期"，本是人去不与春期，翻说是无谬之思。

陈亦峰曰：美成词，操纵处有出人意表者。如《浪淘沙慢》一阕，上二叠写别离之苦。如"掩红泪、玉手亲折"等句，故作琐碎之笔。至末段云"罗带光销纹衾叠，连环解、旧香顿歇。怨歌永、琼壶敲尽缺。恨春去、不与人期，弄夜色，空余满地梨花雪"，蓄势在后，骤雨飘风不可遏抑。歌至曲终，觉万汇哀鸣，天地变色。老杜所谓"意惬关飞动，篇终接混茫"也。

海绡翁曰：自"昼阴重"至"玉手亲折"，全述往事。"东门""汉浦"，则美成今所在也。"经时信音绝"，逆挽。"念"字益幻。"不与人期"者，不与人以佳期也。梨雪无情，固不如"拂面垂杨"。

《柯亭词评》云：首段写别时情景，中段写别后追忆，末段写别后怅恨。各段多用八字长句与五字、七字句配合，而其他各长句、短句亦配合相称。又用入声韵，故全词极沉郁顿挫之能事。其实皆自柳法出也。

齐天乐[一]

绿芜凋尽台城路，殊乡又逢秋晚。暮雨生寒，鸣蛩劝织，深阁时闻裁剪。云窗静掩。叹重拂罗裀，顿疏花簟。尚有練囊，露萤清夜照书卷。　　荆江留滞最久，故人相望处，离思何限。渭水西风，长安乱叶，空忆诗情宛转。凭高眺远。正玉液新篘，蟹螯初荐。醉倒山翁，但愁斜照敛。

【校记】

[一]《全宋词》于词牌后标词题"秋思"。

【集评】

周介存曰：此清真荆南作也。胸中犹有块垒，南宋诸公多模仿之。身在荆南，所思在关中，故有"渭水""长安"之句。碧山用为故实。

谭复堂曰："绿芜"句，亦是以扫为生法。"荆江"句应"殊乡"。"渭水""长安"，点化成句，开后来多少章法。"醉倒"二句，结束出奇，正是哀乐无端。

陈亦峰曰：美成《齐天乐》云"绿芜凋尽台城路，殊乡又逢秋晚"，伤岁暮也。结云"醉倒山翁，但愁斜照敛"，几于爱惜寸阴，日暮之悲，更觉余于言外。此种结构，不必多费笔墨，固已意无不达。

满庭芳·夏日溧水无想山作 [一]

风老莺雏，雨肥梅子，午阴嘉树清圆。地卑山近，衣润费炉烟。人静乌鸢自乐，小桥外、新绿溅溅。凭阑久，黄芦苦竹，拟泛九江船。　　年年。如社燕，飘流瀚海，来寄修椽。且莫思身外，长近尊前。憔悴江南倦客，不堪听、急管繁弦。歌筵畔，先安枕簟^[二]，容我醉时眠。

【校记】

[一]《全宋词》于词牌前标词题"夏景"。

[二]枕簟 《全宋词》作"簟枕"。

【集评】

周介存曰：体物入微，夹入上下文中，似褒似贬，神味最远。

谭复堂曰："地卑"二句，觉《离骚》廿五，去人不远。"且莫"二句，杜诗韩笔。

陈亦峰曰：美成词有前后若不相蒙者，正是顿挫之妙。如《满庭芳》上半阕云"人静乌鸢自乐，小桥外、新绿溅溅。凭栏久，黄芦苦竹，拟泛九江船"，正拟纵乐矣。下忽接云"年年。如社燕，飘流瀚海，来寄修椽。且莫思身外，长近尊前。憔悴江南倦客，不堪听、急管繁弦。歌筵畔，先安枕簟，容我醉时眠"，是乌鸢虽乐，社燕自苦。九江之船，卒未尝泛。此中有多少说不出处，或是依人之苦，或有患失之心。但说得虽哀怨，却不激烈。沉郁顿挫中，别饶蕴藉。后人为词，好作尽头语，令人一览无余，有何趣味。

海绡翁曰：方喜"嘉树"，旋苦"地卑"，人正羡"乌鸢"，又怀"芦""竹"，人生苦乐万变，年年为客何时了乎。"且莫思身外"，则一齐放下。"急管繁弦"，徒增烦恼，固不如醉眠自在耳。词境静穆，想见襟度，柳七所不能为也。

花犯·梅花

粉墙低，梅花照眼，依然旧风味。露痕轻缀。疑净洗铅华，无限清丽[一]。去年胜赏曾孤倚。冰盘同燕喜[二]。更可惜，雪中高士[三]，香篝熏素被。　　今年对花太匆匆[四]，相逢似有恨，依依憔悴[五]。凝望久[六]，青苔上、旋看飞坠。相将见、脆圆荐酒[七]，人正在、空江烟浪里。但梦想、一枝潇洒，黄昏斜照水。

【校记】

[一]清　《全宋词》作"佳"。

[二]燕　《全宋词》作"宴"。

[三]士　《全宋词》作"树"。

[四]太　《全宋词》作"最"。

[五]憔　《全宋词》作"愁"。

[六]凝　《全宋词》作"吟"。

[七]圆　《全宋词》作"丸"。

【集评】

黄花庵曰：此只咏梅花，而纡徐反复，道尽二年间事。圆美流转如弹丸。

周介存曰：清真词之清婉者如此。故知建章千门，非一匠所营。

谭复堂曰："依然"句，逆入。"去年"句，平出。"今年"句，放笔为直干。"凝望久"以下，筋摇脉动。"相将见"二句，如颜鲁公书，力透纸背。

海绡翁曰：只"梅花"一句点题，以下却在题前盘旋。换头一笔钩转。"相将"以下，却在题后盘旋。收处复一笔钩转，往来顺逆，磐控自如。圆美不难，难在拙厚。又云："正在"应"相逢"，"梦"应"照眼"，结构天成，浑然无迹。又云：此词体备刚柔，手段开阔。后来稼轩有此手段，无此气韵。若白石，更不能开阔矣。

陈傥鹤曰：此词胜处，全在有雄浑之笔力，而出以和婉之辞气。倜来倜往，如神龙天矫，不可捉摸，而文之波澜乃依时之次第。平庸者固望洋而叹，矜才使气者又不能如彼之安详，真神品也。

西河·金陵怀古 [一]

佳丽地。南朝盛事谁记。山围故国绕清江，髻鬟对起。怒涛寂寞打孤城，风樯遥度天际。　　断崖树，犹倒倚。莫愁艇子曾系。空遗旧迹郁苍苍 [二]，雾沉半垒。夜深月过女墙来，赏心东望淮水。　　酒旗戏鼓甚处市。想依稀、王谢邻里。燕子不知何世。向寻常 [三]、巷陌人家，相对如说兴亡，斜阳里。

【校记】

[一]《全宋词》题作"金陵"。

[二] 遗 《全宋词》作"余"。

[三] 向 《全宋词》作"入"。

【集评】

梁卓如曰：张玉田谓清真最长处，在善融化古人诗句如自己出。读此词，可见此中三昧。

《柯亭词评》云：首段写金陵形胜，次段写金陵旧迹，末段由现在之金陵推想过去之金陵。刘梦得《石头城》诗云："山围故国周遭在，潮打空城寂寞回。淮水东边旧时月，夜深还过女墙来。"此词前二段，即融化此诗成之，而别有境界。又《乌衣巷》诗云："朱雀桥边野草花，乌衣巷口夕阳斜。旧时王谢堂前燕，飞入寻常百姓家。"此词末段，亦运化此诗，而以沉咽之辞出之，更觉凄异动人。

瑞鹤仙

悄郊原带郭。行路永，客去车尘漠漠。斜阳映山落。敛余红、犹恋孤城阑角[一]。凌波步弱。过短亭、何用素约。有流莺劝我，重解绣鞍，缓引春酌。　　不记归时早暮，上马谁扶，醒眠朱阁。惊飙动幕。扶残醉，绕红药。叹西园、已是花深无地，东风何事又恶。任流光过却，犹喜洞天自乐。

【校记】

[一]阑 《全宋词》作"栏"。

【集评】

周介存曰：入手只闲闲说起。不扶残醉，不见红药之系情，东风之作恶，因而追溯昨日送客后，薄暮入城，因所携之妓倦游，访伴小憩，复成酣饮。"换头"三句，反透出一"醒"字。"惊飙"句倒插"东风"，然后以"扶残醉"三字点睛，结构精奇，金针度尽。

陈倦鹤曰：奇幻之境，矫变之笔，沉郁之思，开后人门径不少。收句之拙朴，尤北宋人擅长处。

《柯亭词评》云：词中"春酌""醒眠""残醉"，贯串成章法，是全词脉络所在。

苏幕遮

燎沉香，消溽暑。鸟雀呼晴，侵晓窥檐语。叶上初阳干宿雨。水面清圆，一一风荷举。　　故乡遥，何日去。家住吴门，久作长安旅。五月渔郎相忆否。小楫轻舟，梦入芙蓉浦。

【集评】

周介存曰：若有意若无意，使人神眩。

王观堂曰："叶上初阳干宿雨。水面清圆，一一风荷举"，此真能得荷之神理者。觉白石《念奴娇》《惜红衣》二词，犹有隔雾看花之恨。

《柯亭词评》云：前段景，后段情。由眼前之风荷，想到故乡之芙蓉。

木兰花

桃溪不作从容住。秋藕绝来无续处。当时相候赤栏桥，今日独寻黄叶路。　　烟中列岫青无数。雁背斜阳红欲暮[一]。人如风后入江云，情似雨余沾地絮。

【校记】

[一] 斜　《全宋词》作"夕"。

【集评】

周介存曰：只赋天台事，态浓意远。

陈亦峰曰：美成词有似拙实工者。如《玉楼春》结句云"人如风后入江云，情似雨余沾地絮"，上言人不能留，下言情不能已。

末作两譬语，别饶姿态，却不病其板，不病其纤，此中消息难言。

《柯亭词评》云：前段是奇遇当前，无端弃掷，以致恩断缘绝。下二句言重来时，不胜今昔之感。后段言独寻旧路时，只见"烟中列岫""雁背斜阳"，而人已不可复见矣。下二句喻人散难逢，坠欢难拾。

少年游

并刀如水，吴盐胜雪，纤指破新橙[一]。锦幄初温，兽香不断[二]，相对坐调笙。　　低声问、向谁行宿，城上已三更。马滑霜浓，不如休去，直是少人行。

【校记】

[一]指　《全宋词》作"手"。
[二]香　《全宋词》作"烟"。

【集评】

周介存曰：此亦本色佳制也。本色至此便足，再过一分，便入山谷恶道矣。

谭复堂曰：丽极而清，清极而婉，然不可忽过"马滑霜浓"四字。

《柯亭词评》云："锦幄""兽香"二句与"马滑霜浓"句，是词中脉络所在，言室内情形如此，由室外情形如彼也。

菩萨蛮[一]

银河宛转三千曲。浴凫飞鹭澄波绿。何处望归舟[二]，夕阳江上楼。　　天憎梅浪发。故下封枝雪。

深院卷帘看。应怜江上寒。

[一]《全宋词》于词牌后标词题"梅雪"。

[二]望 《全宋词》作"是"。

【集评】

周介存曰：造语奇险。

《柯亭词评》云："银河"句，写江路之长。"澄波"句，写江水之深，波涛险恶。舟有归人，故因雪而喜"天憎梅浪"。因雪寒，又怜到江上归人。运思婉曲，不独造语奇险而已。

关河令 [一]

秋阴时作渐向暝 [二]。变一庭凄冷。伫听寒声。云深无雁影。　　更深人去寂静。但照壁、孤灯相映。酒已都醒。如何消夜永。

【校记】

[一]《全宋词》于词牌后标"清真集不载，时刻清商怨"。

[二]作渐 《全宋词》作"晴"。案云："'晴'下原有'渐'字，毛扆以底本美成长短句校，删去。"

【集评】

周介存曰：淡永。

《柯亭词评》云："寒声"，雁声也。以"云深"，故只闻声，而不见影。且秋阴之作，亦以云深景物变化，写来历历。曰"向暝"，曰"更深"，曰"夜永"，写时间变化，亦丝毫不紊。

夜游宫

叶下斜阳照水。卷轻浪、沉沉千里。桥上酸风射眸子。立多时，看黄昏，灯火市。　　古屋寒窗底。听几片、井桐飞坠。不恋单衾再三起。有谁知，为萧娘，书一纸。

【集评】

周介存曰：此亦是层层加倍写法。本只"不恋单衾"一句耳，加上前阕，方觉精力弥满。

《柯亭词评》云：一盼信耳，而桥上、窗底、衾中写来，层次历历。

秋蕊香

乳鸭池塘水暖。风紧柳花迎面。午妆粉指印窗眼。曲里长眉翠浅。　　闻知社日停针线。探新燕。宝钗落枕春梦远。帘影参差满院。

【集评】

贺黄公曰：从来佳处不传，不但隐沦之作，古名人犹抱此恨。周清真人所共称，然如《秋蕊香》一阕，《草堂》所收周词，不及此者多矣。

《柯亭词评》云：写春日闺中情景，细腻无匹。

浣溪沙[一]

水涨渔天拍柳桥[二]。云鸠拖雨过江皋。一番春信入东郊。　　闲碾凤团消短梦，静看燕子叠新巢[三]。又移日影上花梢。

【校记】

[一]《全宋词》作无名氏词。案云："此首别又误作周邦彦词，见《类编草堂诗余》卷一。"

[二]渔　《全宋词》作"鱼"。

[三]叠　《全宋词》作"垒"。

【集评】

黄蓼园曰：首二句，写景入微。末二句，是静眼看人得意，而良时不觉蹉跎矣。神致黯然，耐人玩味。

《柯亭词评》云："拖"字妙。雨如何"拖"？状鸠声耳。"又移日影上花梢"，自东山词"犹有花梢日在"脱化而出。

李冠

字世英，山东人。

蝶恋花 [一]

遥夜亭皋闲信步。才过清明，渐觉伤春暮。数点
雨声风约住。朦胧淡月云来去。　　桃杏依稀香暗度。
谁在秋千，笑里轻轻语。一寸相思千万绪。人间没个
安排处。

【校记】

[一]《全宋词》于词牌后标词题"春暮"。

【集评】

《柯亭词评》云："数点雨声风约住"，着一"约"字而境界全出。
"朦胧淡月云来去"，比张子野"云破月来花弄影"，更觉自然。"桃
杏依稀"承"春暮"句，前后脉络分明。

李元膺

东平人。南京教官。绍圣间人也。

洞仙歌·雨 [一]

廉纤细雨，殢东风如困。萦断千丝为谁恨。向楚宫一梦，多少悲凉 [二]，无处问。愁到而今未尽。　　分明都是泪，泣柳沾花，常与骚人伴孤闷。记当年、得意处，酒力方酣 [三]，怯轻寒、玉炉香润。又岂识、情怀苦难禁，对点滴檐声，夜寒灯晕。

【校记】

[一]《全宋词》于词牌后未标词题。

[二] 多少　《全宋词》作"千古"。

[三] 酣　《全宋词》作"融"。

【集评】

沈天羽曰：一起一收说雨，中间都说己意，有作法。泪珠都做秋宵枕前雨，颠之倒之，无不入妙。

黄蓼园曰：是雨是泪，写得宛转流动，比兴深切，笔笔飞舞，自是超诣。

《柯亭词评》云：借雨写情，别开一格。

李廌

字方叔，东坡门下士。

虞美人[一]

　　玉阑干外清江浦。渺渺天涯雨。好风如扇雨如帘，时见岸花汀草、涨痕添。　　青林枕上关山路。卧想乘鸾去[二]。碧芜千里思悠悠[三]。惟有霎时凉梦、到南州。

【校记】

　　[一]虞美人　《全宋词》作《虞美人令》。

　　[二]去　《全宋词》作"处"。

　　[三]思　《全宋词》作"信"。

【集评】

　　况蕙风曰："好风"二句，春夏之交，近水楼台，确有此景。"好风"句绝新，似乎未经人道。"碧芜"二句，尤极清疏淡远之至。

张舜民

字芸叟，邠州人。

卖花声·题岳阳楼

　　木叶下君山。空水漫漫。十分斟酒敛芳颜。不是渭城西去客，休唱阳关。　　醉袖抚危阑。天淡云闲。何人此路得生还。回首夕阳红尽处，应是长安。

【集评】

　　麦孺博曰：声可裂石。

　　《柯亭词评》云：此亦伤离念远之词，何悲壮苍凉乃尔。

万俟咏

字雅言。

长相思·山驿

短长亭。古今情。楼外凉蟾一晕生。雨余秋更清。　　暮云平。暮山横。几叶秋声和雁声。行人不要听。

【集评】

黄蓼园曰:"一晕生"三字,仍带有古今情之意。末句"不要听"三字,含无限凄惋。

《柯亭词评》云:此亦触景伤情之作。"暮山横"以上是见,"不要听"以上是闻,均是夜景。

徐伸

字干臣，三衢人。政和初，以知音律为太常典乐，出知常州。有《青山乐府》。

二郎神[一]

　　闷来弹鹊[二]，又搅碎[三]、一帘花影。谩试着春衫，还思纤手，熏彻金猊烬冷[四]。动是愁端如何向[五]，但怪得、新来多病。嗟旧日沈腰[六]，而今潘鬓，怎堪临镜[七]。　　重省。别时泪渍[八]，罗襟犹凝[九]。料为我恹恹[十]，日高慵起，长托春醒未醒。雁足不来[十一]，马蹄难去[十二]，门掩一庭芳景[十三]。空伫立，尽日阑干倚遍，昼长人静。

【校记】

[一] 二郎神　《全宋词》作《转调二郎神》。

[二] 鹊　《全宋词》作"雀"。

[三] 碎　《全宋词》作"破"。

[四] 猊　《全宋词》作"炉"。

[五] 端　《全宋词》作"多"。

[六] 嗟　《全宋词》作"想"。

[七] 怎　《全宋词》作"不"。

[八] 别时泪渍　《全宋词》作"别来泪滴"。

[九] 襟　《全宋词》作"衣"。

[十] 恹恹　《全宋词》作"厌厌"。

[十一] 足 《全宋词》作"翼"。

[十二] 难去 《全宋词》作"轻驻"。

[十三] 掩 《全宋词》作"闭"。

【集评】

黄花庵曰:青山词多杂调,惟《二郎神》一曲,天下称之。

《柯亭词评》云:前段从眼前景物叙入,因"弹鹊"而惜花影之碎,因"试衫"而思熏烬之冷,此愁病之所以来,而沈腰、潘鬓之所以改旧也。后段重省别时,忽从对面着想,空灵之至。"芳景"句,仍回绾"一帘花影",篇法紧炼。"空伫立"句,见得彼此音信隔绝,独居无赖。与"雁足""马蹄"句,有一气呵成之妙。

李玉

贺新郎[一]

　　篆缕销金鼎。醉沉沉、庭阴转午，画堂人静。芳草王孙知何处，惟有杨花糁径。正玉枕[二]、腾腾春醒。帘外残红春已透，镇无聊、殢酒恹恹病[三]。云鬟乱，未忺整。　　江南旧事休重省。遍天涯、寻消问息，断鸿难倩。月满西楼凭阑久，依旧归期未定。又只恐、瓶沉金井。嘶骑不来银烛暗，枉教人、立尽梧桐影。谁伴我，对鸾镜。

【校记】

[一]《全宋词》于词牌后标词题"春情"。

[二]正　《全宋词》作"渐"。

[三]恹恹　《全宋词》作"厌厌"。

【集评】

　　黄花庵曰：李君词虽不多见，然风流蕴藉，尽此篇矣。

　　《柯亭词评》云：此亦触景伤情之作。写香闺情景，细腻之极。"遍天涯、寻消问息"，与"芳草王孙知何处"句相呼应。

廖世美

烛影摇红 [一]

　　霭霭春空，画楼森耸凌云渚。紫薇登览最关情，绝妙夸能赋。惆怅相思迟暮。记当日、朱阑共语。塞鸿难问，岸柳何穷，别愁纷絮。　　催促年光，旧来流水知何处。断肠何必更残阳，极目伤平楚。晚霁波声带雨。悄无人、舟横古渡 [二]。数峰江上，芳草天涯，参差烟树。

【校记】

　　[一]《全宋词》于词牌后标题"题安陆浮云楼"。

　　[二]古　《全宋词》作"野"。

【集评】

　　况蕙风曰："塞鸿"三句，神来之笔，即已佳矣。"催促"六句，语淡而情深。张子野、秦少游辈为之，容或未必能到。此等词，一再吟诵，辄沁入心脾。《花庵绝妙词选》中，真能不愧"绝妙"二字，如世美之作者，殊不多觏。

　　《柯亭词评》云：别情无极，言之黯然。"紫薇登览"承"画楼"句，"朱阑共语"亦应"画楼"句。"流水""波声"，均从"云渚"生出。意境统一，脉络分明。

查荎

透碧霄

　　舣兰舟。十分端是载离愁。练波送远,屏山遮断,此去难留。相从争奈,心期久要,屡变霜秋。叹人生、杳似萍浮,又翻成轻别,都将深恨,付与东流。　　想斜阳影里,寒烟明处,双桨去悠悠。爱渚梅、幽香动,须采掇、倩纤柔。艳歌粲发,谁传余韵,来说仙游。念故人、留此遐州[一]。但春风老后,秋月圆时,独倚江楼[二]。

【校记】

　[一]州　《全宋词》作"洲"。
　[二]江　《全宋词》作"西"。

【集评】

　　贺黄公曰:伤离念远之词,无如查荎"斜阳影里,寒烟明处,双桨去悠悠",令人不能为怀。然尚不如孙光宪"两桨不知消息远,远汀时起鸂鶒",尤为黯然。洪叔玙"醉中扶上木兰舟,醒来忘却桃源路",造语虽工,却微着色矣。两君专以淡语入情。

　　《柯亭词评》云:前段从别时写到别后。后段换头三句,回忆别时情景,使人黯然魂消。"双桨"句,应"兰舟"句。以下因采梅而想到纤柔之手,因说游而想到粲发之歌。后结"念故人"以下,写伤离中无聊情景。

李清照

号易安居士，济南人。格非之女，赵明诚妻。有《漱玉集》。

醉花阴·九日[一]

薄雾浓云愁永昼。瑞脑消金兽。佳节又重阳，玉枕纱厨，半夜凉初透。　　东篱把酒黄昏后。有暗香盈袖。莫道不消魂，帘卷西风，人比黄花瘦。

【校记】

[一]《全宋词》于词牌后未标词题。

【集评】

王阮亭曰："薄雾浓云"，新都引中山王《文木赋》"薄雾浓雰"，以折"云"字之非。杨博奥，每失穿凿，如王右丞诗"玉角羓与朱鬣马"之类，殊堕狐穴。此"雰"字辨证独妙。

王湘绮曰："人比黄花瘦"，此语若非出女子自写照，则无意致。"比"字，各本皆作"似"。类书引，反不误。

《柯亭词评》云："帘卷西风"是"半夜凉初透"之因，"暗香盈袖"是"瑞脑销金兽"之果，前后绾合无痕。

一剪梅

红藕香残玉簟秋。轻解罗裳，独上兰舟。云中谁寄锦书来，雁字回时，月满西楼。　　花自飘零水自流。一种相思，两处闲愁。此情无计可消除，才下眉头，却上心头。

【集评】

王阮亭曰：末三句，从范希文"都来此事，眉间心上，无计相回避"语脱胎，李特工耳。

梁晋竹曰：起句七字，便有吞梅嚼雪，不食人间烟火气，其实寻常不经意语也。

陈亦峰曰：易安佳句，如《一剪梅》起七字云"红藕香残玉簟秋"，精秀特绝，真不食人间烟火者。

《柯亭词评》云："花自飘零"应"红藕香残"句，"水自流"应"兰舟"句，脉络井然。

声声慢·秋情[一]

寻寻觅觅，冷冷清清，凄凄惨惨戚戚。乍暖还寒时候，最难将息。三杯两盏淡酒，怎敌他、晚来风急。雁过也，正伤心，却是旧时相识。　　满地黄花堆积。憔悴损，如今有谁堪摘[二]。守着窗儿，独自怎生得黑。梧桐更兼细雨，到黄昏、点点滴滴。这次第，怎一个愁字了得。

【校记】

[一]《全宋词》于词牌后未标词题。

[二]堪　《全宋词》作"忺"。

【集评】

《鹤林玉露》云：起头连叠七字，以一妇人，乃能创意出奇如此。

《贵耳录》云：易安秋词《声声慢》，此乃公孙大娘舞剑手。本朝非无能词之士，未尝有一下十四叠字者。后叠又云"到黄昏、点点滴滴"，又使叠字，具无斧凿痕。"守着窗儿，独自怎生得黑"，"黑"字不许第二人押。妇人有此文章，殆间气也。

沈偶僧曰："守着窗儿，独自怎生得黑"，又"梧桐更兼细雨，到黄昏、点点滴滴"，正词家所谓以易易险，以故为新者，易安先得之矣。

王湘绮曰：亦是女郎语。诸家赏其七叠，亦以初见故新，效之则可呕。"黑"韵却新，再添何字。

《柯亭词评》云：此阕须玩其虚字呼应处。运用俗语，最贵自然，一出生硬，便堕恶道。

南

宋

赵鼎

字元镇，闻喜人。崇宁初进士。累官尚书左仆射，同中书门下平章事，兼枢密使。卒赠太傅，谥忠简。有《得全居士集》，词一卷。

点绛唇 [一]

香冷金炉，梦回鸳帐余香嫩。更无人问。一枕江南恨。　　消瘦休文，顿觉春衫褪。清明近。杏花吹尽。薄暮东风紧。

【校记】

[一]《全宋词》于词牌后标词题"春愁"。

【集评】

《古今词话》云：较《花间》更饶情思。

《柯亭词评》云："一枕江南恨"，疑有所指。"东风紧"，言不胜寒也。

叶梦得

字少蕴，吴县人。绍圣四年进士。官至户部尚书，以崇信军节度使致仕，赠检校少保。有《建康集》，《石林词》一卷。

贺新郎·初夏 [一]

睡起流莺语 [二]。掩苍苔 [三]、房栊向晓 [四]，乱红无数。吹尽残花无人问 [五]，惟有垂杨自舞。渐暖霭、初回轻暑。宝扇重寻明月影，暗尘侵、尚有乘鸾女。惊旧恨，镇如许 [六]。　　江南梦断蘅皋渚 [七]。浪黏天、葡萄涨绿，半空烟雨。无限楼前沧波意，谁采蘋花寄取。但怅望、兰舟容与。万里云帆何时到，送孤鸿、目断千山阻。谁为我，唱金缕。

【校记】

[一]《全宋词》于词牌后未标词题。

[二] 流　《全宋词》作"啼"。

[三] 苍　《全宋词》作"青"。

[四] 晓　《全宋词》作"晚"。

[五] 问　《全宋词》作"见"。

[六] 镇　《全宋词》作"遽"。

[七] 蘅皋　《全宋词》作"横江"。

【集评】

沈天羽曰：一意一机，自语自话。草木花鸟，字面迭来，不见质实。受知于蔡元长，宜也。

《柯亭词评》云："暗尘侵、尚有乘鸾女"，因扇及人也。"无限楼前沧波意"，所谓"在水一方"也。感时序之推迁，恨伊人之远隔，低徊咏叹，一往情深。

汪藻

字彦章，婺源人。崇宁中，第进士。官至兵部侍郎，兼侍讲，拜翰林学士。有《浮溪集》。

点绛唇

新月娟娟，夜寒江静山衔斗。起来搔首。梅影横窗瘦。　　好个霜天，闲却传杯手。君知否。乱鸦啼后。归兴浓如酒[一]。

【校记】

[一]如　《全宋词》作"于"。

【集评】

黄蓼园曰：霜天无酒，落寞可知，写来却蕴藉。

《柯亭词评》云："梅影横窗瘦"自"新月"生出。"归兴浓如酒"自无酒生出。"霜天"应"夜寒"句。

徐俯

字师川，分宁人。绍兴初，赐进士出身。累擢端明殿学士，签书枢密院事，参知政事，有《东湖集》。

卜算子

胸中千种愁[一]，挂在斜阳树。绿叶阴阴自得春[二]，草满莺啼处。　　不见凌波步[三]，空想如簧语[四]。门外重重叠叠山，遮不断、愁来路。

【校记】

[一]胸中千　《全宋词》作"天生百"。

[二]自　《全宋词》作"占"。

[三]凌波　《全宋词》作"生尘"。

[四]想　《全宋词》作"忆"。

【集评】

黄蓼园曰：不言所愁何事，曰"千种"，曰"遮不断"，意象壮阔，大约为忧时而作。"绿叶"二句，似喻小人之得意。"凌波"二句，似叹君门之远。离骚美人之旨也，意致自是高迥。

《柯亭词评》云："莺啼"言得意者。"如簧语"应"莺啼"句。曰愁挂斜阳，曰山不能遮断愁来，言愁多而不言愁之所以然，含蓄得妙。

陈与义

字去非，季常孙。本蜀人，后徙居河南叶县。政和中，登上舍甲科。绍兴中，拜翰林学士知制诰，参知政事。有《简斋集》，《无住词》一卷。

临江仙·夜登小阁忆洛中旧游

忆昔午桥桥上饮，坐中都是豪英[一]。长沟流月去无声。杏花疏影里，吹笛到天明。　　二十余年成一梦[二]，此身虽在堪惊。闲登小阁眺新晴[三]。古今多少事，渔唱起三更。

【校记】

[一] 都 《全宋词》作"多"。

[二] 成 《全宋词》作"如"。

[三] 眺 《全宋词》作"看"。

【集评】

沈天羽曰：意思超越，腕力排奡，可摩坡仙之垒。"流月""无声"，巧语也；"吹笛""天明"，爽语也；"渔唱""三更"，冷语也。

刘融斋曰：词之好处，有在句中者，有在句之前后际者。陈去非《临江仙》"杏花疏影里，吹笛到天明"，此因仰承忆昔，俯注一梦，故此二句不觉豪酣，转成怅悒。所谓好在句外者也。倘谓现在如此，则驳甚矣。

《柯亭词评》云：前半写二十余年前事，后半写现在感想。"吹笛到天明""渔唱起三更"，均是夜中情景，而冷热各殊。

朱敦儒

字希真,洛阳人。以荐起,赐进士出身。官至两浙东路提点刑狱。上疏乞归。晚除鸿胪少卿。有《樵歌》三卷。

鹧鸪天·除夕 [一]

检尽历头冬又残。爱他风雪耐他寒 [二]。拖条竹杖家家酒,上个篮舆处处山。　　添老大,转痴顽。谢天教我老来闲。道人还了鸳鸯债,纸帐梅花醉梦间。

【校记】

[一]《全宋词》于词牌后未标词题。

[二] 耐 《全宋词》作“忍”。

【集评】

黄蓼园曰:看“拖条”“竹杖”二语,似随处行乐之意。细玩首二句,冬残耐寒,居然生当晚季之忧。所云行乐,亦出于无聊耳。下所云“痴顽”者,此耳。末二句,只完自己身世,即与梅花同梦矣。非好逸也,自有难于言者在。正妙在含蓄。

《柯亭词评》云:“拖条竹杖”“上个篮舆”,都是老闲消遣。“梅花醉梦”与“风雪寒冬”句应,写尽悟彻人生活。曰“痴顽”,自谦耳。

孤鸾·早梅 [一]

天然标格。是小萼堆红,芳姿凝白。淡伫新妆,浅点寿阳宫额。东君想留厚意[二]，倩年年、与传消息。昨夜前村雪里，有一枝先折。　　念故人、何处水云隔。纵驿使相逢，难寄春色。试问丹青手，是怎生描得。晓来一番雨过，更那堪、数声羌笛。归去和羹未晚，劝行人休摘。

【校记】

　　[一]《全宋词》作无名氏词，于词牌后未标词题。案云："误作朱敦儒词，见《类编草堂诗余》卷三。"

　　[二]想　《全宋词》作"相"。

【集评】

　　黄蓼园曰：后段幽思绵邈，一往情深。无一习见语扰其笔端，清隽处可夺梅魂矣。

　　《柯亭词评》云：笔意均在"早"字上盘旋，故下字皆有分寸。如"淡伫""浅点""先折""难寄""怎描""更那堪""休摘"等，无处不见字法。作咏物题最宜玩味。

康与之

字伯可。渡江初,以词受知高宗。官郎中。有《顺庵乐府》五卷。

满庭芳·寒夜 [一]

　　霜幕风帘,闲斋小户,素蟾初上雕笼。玉杯醞酿,还与可人同。古鼎沉烟篆细,玉笋破、橙橘香浓。梳妆懒,脂轻粉薄,约略淡眉峰。　　清新,歌几许,低随慢唱,语笑相供。道文书针线,今夜休攻。莫厌兰膏更继,明朝又、纷冗匆匆。酩酊也,冠儿未卸,先把被儿烘。

【校记】

[一]《全宋词》于词牌后标词题为"冬景"。

【集评】

　　贺黄公曰:词虽宜于艳冶,亦不可流于纤亵。吾极喜康与之"寒夜"一阕,真所谓乐而不淫。且虽填词小技,亦兼词令、议论、叙事三事之妙。首云"霜幕风帘,闲斋小户,素蟾初上雕笼",写其节序景物也。继云"玉杯醞酿,还与可人同。古鼎沉烟篆细,玉笋破、橙橘香浓。梳妆懒,脂轻粉薄,约略淡眉峰",则陈设之济楚,肴核之精良,与夫手爪颜色,一一如见矣。换头云"清新,歌几许,低随慢唱,语笑相供。道文书针线,今夜休攻。莫厌兰膏更断,明朝又、纷冗匆匆",则不惟以色艺见长,宛然慧心女子,小窗中喁喁口角。末云"酩酊也,冠儿未卸,先把被儿烘"一段,温存旖旎之致,咄咄逼人。观此形容节次,必非狭斜曲里中人,又非望宋窥韩者之事,正朱希真所云"真个怜惜"也。

曾觌

字纯甫，汴人。绍兴中，为建王内知客。淳熙初，除开府仪同三司，加少保，醴泉观使。有《海野词》一卷。

阮郎归 [一]

柳阴庭馆占风光。呢喃清昼长。碧波新涨小池塘。双双蹴水忙。　　萍散漫，絮轻扬 [二]。轻盈体态狂。为怜流去落花香 [三]。衔将归画梁。

【校记】

[一]《全宋词》序云："上苑初夏侍宴，池上双飞新燕掠水而去，得旨赋之。"

[二] 轻扬　《全宋词》作"飘飏"。

[三] 花　《全宋词》作"红"。

【集评】

黄蓼园曰：末二句大有寄托。忠爱之心，宛然可想。

《柯亭词评》云：人臣欲挽回已去之国运，犹燕子欲衔归已去之春光，寓意含蓄之至。

韩元吉

字无咎，号南涧，许昌人。隆兴间，官吏部尚书。有《南涧甲乙稿》，《焦尾集》一卷。

好事近·汴京赐宴 [一]

凝碧旧池头，一听管弦凄切。多少梨园声在，总不堪华发。　　杏花无处避春愁，也傍野花发 [二]。惟有御沟流断 [三]，似知人呜咽。

【校记】

[一]《全宋词》题作"汴京赐宴闻教坊乐有感"。

[二]花　《全宋词》作"烟"。

[三]流　《全宋词》作"声"。

【集评】

麦孺博曰：赋体如此，高于比兴。

《柯亭词评》云："管弦凄切"，已成呜咽之声。"御沟流断"，是沟水已涸。乃说止流，惟恐增人呜咽。杏花之发亦寻常事，傍野花发，则宫苑已沦为榛莽可想。均系烘托写法，而其辞则甚含蓄。"御沟"句又回顾"旧池"句。

张元幹

字仲宗，长乐人。绍兴中，坐送胡铨及寄李纲词除名。有《归来集》，《芦川词》一卷。

贺新郎·送胡邦衡待制赴新州 [一]

梦绕神州路。怅秋风、连营画角，故宫离黍。底事昆仑倾砥柱。九地黄流乱注。聚万落、千村狐兔。天意从来高难问，况人情、易老悲难诉 [二]。更南浦，送君去。　　凉生岸柳催残暑。耿斜河、疏星淡月，断云微雨 [三]。万里江山知何处。回首对床夜语。雁不到、书成谁与。目尽青天怀今古，肯儿曹、恩怨相尔汝。举大白，听金缕。

【校记】

[一]《全宋词》题作"送胡邦衡待制"。

[二] 易老悲难诉　《全宋词》作"老易悲如许"。

[三] 雨　《全宋词》作"度"，校云："一作雨"。

【集评】

刘融斋曰：词莫要于有关系。张元幹仲宗因胡邦衡谪新州，作《贺新郎》送之，坐是除名。然身虽黜，而义不可没也。

《柯亭词评》云："聚万落、千村狐兔"以上，悲外侮之凌逼。"更南浦，送君去"，方叙到别情。换头"凉生岸柳"三句，点时令。以下则全写别情矣。

满江红 [一]

　　春水连天 [二]，桃花浪、几番风恶。云乍起、远山遮尽，晚风还作。绿遍芳洲生杜若，楚帆带雨烟中落。认向来 [三]、沙觜共停桡，伤飘泊。　　寒犹在，衾偏薄。肠欲断，愁难着。倚绮窗无寐 [四]，引杯孤酌。寒食清明都过了 [五]，可怜孤负年时约 [六]。想小楼、日日望归舟 [七]，人如削。

【校记】

　　[一]《全宋词》于词牌后标词题"自豫章阻风吴城山作"。

　　[二] 连　《全宋词》作"迷"。

　　[三] 认　《全宋词》作"傍"。

　　[四] 绮　《全宋词》作"篷"。

　　[五] 了　《全宋词》作"却"。

　　[六] 可怜孤负　《全宋词》作"最怜轻负"。

　　[七] 日日　《全宋词》作"终日"。

【集评】

　　黄蓼园曰：前段言浪生风恶，云遮风作，隐然有念乱之意。芳洲杜若，有贤人隐居之象。帆带雨落，有自伤飘泊意。"寒犹在"六句，写繁忧独省意。"寒食"二句，见时已逝。末二句，悬想家中念己，欲归隐之意，有难以显言者。

　　《柯亭词评》云："楚帆带雨烟中落"以上写环境。"引杯孤酌"以上是自伤。"人如削"以上是念远。

张孝祥

字安国，乌江人。绍兴二十四年，廷试第一。累迁中书舍人、直学士院，兼都督府参赞军事，领建康留守，寻以荆南、湖北路安抚使请祠，进显谟阁直学士。有《于湖集》，词一卷。

六州歌头

长淮望断，关塞莽然平。征尘暗，霜风劲，悄边声。黯销凝。追想当年事，殆天数，非人力，洙泗上，弦歌地，亦膻腥。隔水毡乡，落日牛羊下，区脱纵横。看名王宵猎，骑火一川明。笳鼓悲鸣。遣人惊。　　念腰间箭，匣中剑，空埃蠹，竟何成。时易失，心徒壮，岁将零。渺神京。干羽方怀远，静烽燧，且休兵。冠盖使，纷驰骛，若为情。闻道中原遗老，常南望、翠葆霓旌[一]。使行人到此，忠愤气填膺。有泪如倾。

【校记】

[一] 翠 《全宋词》作"羽"。

【集评】

毛子晋曰：于湖《歌头》诸曲，骏发踔厉，寓以诗人句法者也。

刘融斋曰：安国于建康留守席上赋《六州歌头》，致感重臣罢席。然则词之兴观群怨，岂下于诗哉。

陈亦峰曰：《六州歌头》一阕，淋漓痛快，笔饱墨酣，读之令人起舞。惟"忠愤气填膺"一句，提明忠愤，转浅转显，转无余味。或亦耸当途之听，出于不得已耶。

《柯亭词评》云："悄边声"以上，写目前景况。"遣人惊"以上，均追想当年。"岁将零"以上，自伤老大，无地用武。"有泪如倾"以上，痛斥和议，气愤填膺。"黯销凝""渺神京"，均为承上启下之句，本词中关键所在。

念奴娇·过洞庭

洞庭青草，近中秋、更无一点风色。玉界琼田三万顷[一]，着我扁舟一叶。素月分辉，明河共影，表里俱澄澈。悠然心会，妙处难与君说。　　应念岭表经年[二]，孤光自照，肝胆皆冰雪。短发萧疏襟袖冷[三]，稳泛沧溟空阔[四]。尽吸西江，细斟北斗，万象为宾客。叩舷独啸[五]，不知今夕何夕。

【校记】

[一] 界 《全宋词》作"鉴"。

[二] 表 《全宋词》作"海"。

[三] 疏 《全宋词》作"骚"。

[四] 溟 《全宋词》作"浪"。

[五] 叩 《全宋词》作"扣"。啸 《全宋词》作"笑"。

【集评】

魏了翁曰：于湖有英姿奇气，著之湖湘间，未为不遇。洞庭所赋，在集中最为奇特，方其吸江酌斗、宾客万象时，讵知世间有紫微青琐哉。

黄蓼园曰：写景不能绘情，必少佳致。此题咏洞庭，若只就洞庭落想，纵写得壮观，亦觉寡味。此词开首，从"洞庭"说至"玉界琼田三万顷"，题已说完，即引入"扁舟一叶"，以下从舟中人心迹与湖光映带写，隐现离合，不可端倪。镜花水月，是二是一。自尔神采高骞，兴会洋溢。

王湘绮曰：飘飘有凌云之气。觉东坡《水调》，犹有尘心。

《柯亭词评》云："稳泛沧溟""叩舷独啸"，均从"扁舟一叶"句生出，此即所谓前后遍之意相应也。"孤光自照"与"素月明河"句相应。"肝胆皆冰雪"即所谓"表里俱澄澈"也。"更无一点风色"即"稳泛沧溟"之因。观此可悟前后意境统一之说。

辛弃疾

字幼安，号稼轩，济南历城人。耿京聚兵山东，节制忠义军马，留掌书记。绍兴三十二年，令奉表南归。高宗召见，授承务郎。宁宗朝，累官浙东安抚使，加龙图阁待制，进枢密都承旨。德祐初，以谢枋得请，赠少师，谥忠敏。有《稼轩长短句》十二卷。

贺新郎·别茂嘉十二弟 [一]

绿树听啼鴂 [二]。更那堪、杜鹃声住 [三]，鹧鸪声切 [四]。啼到春归无啼处 [五]，苦恨芳菲都歇。算未抵、人间离别。马上琵琶关塞黑，更长门、翠辇辞金阙。看燕燕，送归妾。　　将军百战身名裂。问河梁 [六]、回头万里，故人长绝。易水萧萧西风冷，满座衣冠似雪。正壮士、悲歌未彻。啼鸟还知如许恨，料不啼清泪长啼血。谁伴我，醉明月。

【校记】

[一]《全宋词》题后又有："鹈鴂、杜鹃实两种，见《离骚补注》。"

[二] 啼　《全宋词》作"鹈"。

[三] 杜鹃　《全宋词》作"鹧鸪"。

[四] 鹧鸪　《全宋词》作"杜鹃"。

[五] 啼　《全宋词》作"寻"。

[六] 问　《全宋词》作"向"。

【集评】

沈偶僧曰：稼轩《贺新郎》"绿树听啼鴂"一首，尽集许多怨事，却与太白《拟恨赋》相似。

周介存曰：前段北都旧恨，后段南都新恨。

陈亦峰曰：稼轩词自以此篇为冠。沉郁苍凉，跳跃动荡，古今无此笔力。

梁卓如曰：《贺新郎》调以四韵之单句为全首筋节，如此句最可学。

王观堂曰：此词章法绝妙。且语语有境界，此能品而几于神者。然非有意为之，故后人不能学也。

任二北曰：此词章法，乃以一气包举，只作翻腾，不为寻常停顿。一起若是闲情，"算未抵"句一转，文情陡健，乃分别以上是时序变迁，以下是人间离别，于是历举王嫱、李陵、荆轲三人之事。至"壮士"句，才欲拍题及茂嘉，乃毫不沾滞，随即环抱前文，仍用一啼鸟，而已作收束矣。结语与全词，又在似联不联之间。歇拍、换头，种种关节，到此已全失常态。只觉突如其来，奔腾而去，戛然以止，囫囵一片，无从判其衬副与精粹。昔人谓稼轩乃词中之龙，真喻得其当也。措辞能于叙述之中写无穷感喟，字面个个挑动情绪，语语跳荡不凡，而联贯一串，皆自然出之天成。

《柯亭词评》云：起五句，言禽鸟伤春去不回，虽属一般苦恨，然其恨总未抵人间离别之苦。"算未抵"句，一笔撇开，以下便实写人间离别。昭君、陈后、庄姜，恨之属于美女者；李陵、荆轲，恨之属于英雄者。"啼鸟"仍回应起处。"谁伴我"二句，始拍到本题。无非满腹牢愁，有触即发而已。

又曰：此词用事虽多，其运棹空灵处，实见良工心苦。"算未抵"句承上启下，仍接叙人间许多离别。"如许恨"句，总束一笔，进一层说，落到本题，回应起处。故此二句，为此词前后关键。"杜鹃""鹧鸪"二句，入手擒题，亦非暮春泛语。言茂嘉归而己行不得，故有此别也。后结二句，拍合本题。言此后明月虽共，伴醉无人，故不胜其惆怅也。中间胪列许多别恨，看似陪衬，疑亦有寓意。"马上"句，用昭君事，似悲二帝不还。"长门""燕燕"，似自伤因谗见弃，与《摸鱼子》词中陈后事同。后段用李陵、荆轲事，或迫于异族，或压于强邻国家之耻，尤稼轩生平恨事。思之所触，不觉尽情倾吐，借此题而一发之。然一转，即收到本题，俱见笔力横绝处。

贺新郎·赋琵琶 [一]

凤尾龙香拨。自开元、霓裳曲罢，几番风月。最苦浔阳江头客，画舸亭亭待发。记出塞、黄云堆雪。马上离愁三万里，望昭阳、宫殿孤鸿没。弦解语，恨难说。　　辽阳驿使音尘绝。琐窗寒、轻拢慢捻，泪珠盈睫。推手含情还却手，一抹凉州哀彻。千古事、云飞烟灭。贺老定场无消息，想沉香亭北繁华歇。弹到此，为呜咽。

【校记】

[一]《全宋词》题作"听琵琶"。

【集评】

周介存曰："记出塞"句，言谪逐正人，以致离乱。"辽阳"句，言晏安江沱，不复北望。

陈亦峰曰：稼轩词于雄莽中别饶隽味。如"马上离愁三万里，望昭阳、宫殿孤鸿没"，又"休去倚危阑，斜阳正在，烟柳断肠处"，多少曲折。惊雷怒涛中，时见和风暖日，所以独绝古今，不容人学步。

梁卓如曰：琵琶故事，网罗胪列，杂乱无章，殆如一团野草。惟大气足以包举之故，不觉粗率。非其人勿学步也。

《柯亭词评》云：起三句，言琵琶盛时。以下言浔阳商妇、出塞昭君，皆不得意之琵琶。后段曰"泪珠盈睫"，曰"凉州哀彻"，正是借弦说恨，盖承前结二句而言。"千古"句，总束一笔。"贺老"二句，言琵琶无复盛时。"沉香亭北"，回应前段"开元"句。章法严密之至。题写琵琶，实自况也。

水龙吟·登建康赏心亭

楚天千里清秋，水随天去秋无际。遥岑远目[一]，献愁供恨，玉簪螺髻。落日楼头，断鸿声里，江南游子。把吴钩看了，阑干拍遍[二]，无人会、登临意。　　休道鲈鱼堪脍。尽西风、季鹰归未。求田问舍，怕应羞见，刘郎才气。可惜流年，忧愁风雨，树犹如此。倩何人，唤取红巾翠袖[三]，揾英雄泪。

【校记】

[一]目　《全宋词》作"日"。

[二]阑　《全宋词》作"栏"。

[三]红巾　《全宋词》作"盈盈"。

【集评】

谭复堂曰：裂竹之声，何尝不潜气内转。

陈述叔曰：起句破空而来。"秋无际"从"水随天去"中见；"玉簪螺髻"之"献愁供恨"，从"远目"中见；"江南游子"从"断鸿落日"中见。纯用倒卷之笔。"吴钩看了，阑干拍遍"，仍缩入"江南游子"上。"无人会"，纵开；"登临意"，收合。后片愈转愈奇。季鹰未归则鲈脍徒然，一转；刘郎羞见则田舍徒然，一转。如此则江南游子，亦惟长抱此忧以老而已。却不说出，而以"树犹如此"，作半面语缩住。"倩何人"以下十三字，应上"无人会、登临意"作结。稼轩纵横豪宕，而笔笔能留，字字有脉络。如此学者苟能如此得法，则清真、稼轩、梦窗三家实一家。若徒视为直率，则失此贤矣。清真、稼轩、梦窗，各有神采。清真出于韦端己，梦窗出于温飞卿，稼轩出于李后主。莫不各有一己之性情境地，而平平辙迹，则殊途同归。而或者以卤莽学之，或者委为不可学。呜呼！鲜能知味。小技犹然，况大道乎。

《柯亭词评》云："江南游子"以上，纯写目前景；"楚天"二句，写水天；"遥岑"三句，写山；"落日"二句，写时。"吴钩看了，阑干拍遍"四句，言北望中原，英雄无用武之地。后段"休道"二句，言欲归不得。"求田"三句，言欲罢不能。岁月蹉跎，无日不在忧愁中，如秋树饱经风雨，不胜零落之感。"倩何人"三句，言欲以声色自遣，亦不能致，徒自揾其英雄之泪而已。

摸鱼儿

淳熙己亥，自湖北漕移湖南，同官王正之置酒小山亭，赋[一]。

更能消、几番风雨。匆匆春又归去。惜春长怕花开早[二]，何况落红无数。春且住。见说道、天涯芳草无归路[三]。怨春不语。算只有殷勤，画檐蛛网，尽日惹飞絮。　　长门事，准拟佳期又误。蛾眉曾有人妒。千金纵买相如赋，脉脉此情谁诉。君莫舞。君不见、玉环飞燕皆尘土。闲愁最苦。休去倚危阑^[四]，斜阳正在，烟柳断肠处。

【校记】

[一] 赋　《全宋词》作"为赋"。

[二] 怕　《全宋词》作"恨"。

[三] 无　《全宋词》作"迷"。

[四] 阑　《全宋词》作"楼"。

【集评】

谭复堂曰：权奇倜傥，纯用太白乐府诗法。"见说道"句是开，"君不见"句是合。

王湘绮曰："算只有"三句，是指张浚、秦桧一班人。又曰：亡国之音，不为讽刺。

陈亦峰曰：词意殊怨。然姿态飞动，极沉郁顿挫之致。起处"更能消"三字，是从千回万转后倒折出来，真是有力如虎。

刘鉴泉曰：南归以后，志不得申，仅（循）资作吏，且屡起而屡仆，不得径达，所谓"匆匆春又归去"。二十三而登朝，六十八乃终，终不得持权当敌。初见孝宗，即奏《美芹十论》，而后竟不用，且常为外吏，不得亲近，所谓"长门事，准拟佳期又误"。又曰"君莫舞。君不见、玉环飞燕皆尘土"，其怨君深矣。君之不用，盖由朝士不容，所谓"蛾眉曾有人妒"者也。又曰"斜阳正在，烟柳断肠处"，蔽者深矣。屡任方面，稍有功绩，即遭言者劾罢，所谓"画檐蛛网，尽日惹飞絮"也。

《柯亭词评》云：此词开阖动荡，纯以古人笔法为之。昔人谓稼轩词论，殆指此类。词中用虚字极多，其前后呼应处，最宜细玩。

永遇乐^[一]

　　千古江山，英雄无觅，孙仲谋处。舞榭歌台，风流总被，雨打风吹去。斜阳草树，寻常巷陌，人道寄奴曾住。想当年，金戈铁马，气吞万里如虎。　　元嘉草草，封狼居胥，赢得仓皇北顾。四十三年，望中犹记，灯火扬州路^[二]。可堪回首，佛狸祠下，一片神鸦社鼓。凭谁问，廉颇老矣，尚能饭否。

【校记】

　[一]《全宋词》于词牌后标词题"京口北固亭怀古"。

　[二] 灯 《全宋词》作"烽"。

【集评】

　　周介存曰：有英主则可以隆中兴，此是正说。英主必起于草泽，此是反说。又曰：继世图功，前车如此。

　　谭复堂曰：起句嫌有犷气。且使事太多，宜为岳氏所讥。非稼轩之盛气，勿轻染指也。

　　刘鉴泉曰：曹瞒临江不得渡，而有"生子当如孙仲谋"之叹，此南人抗北之始。东晋以后，自保不暇，无暇规复中原。惟宋武灭慕容超、姚泓，威施关、洛，南人胜北之功止此而已。文帝内政既修，乃欲继志外拓，亲临北固，终至仓皇而返。自后南人终无胜北者。然宋武乃奋自布衣，起于寻常巷陌之间，非王谢堂中歌舞之伦也。南人即不足有为，则廉颇弥思用赵将矣。尝思孝宗有志恢复，非高宗之比，而终不用稼轩。虽屡用为路帅，而止在江湖间，未尝使临北边。及宁宗有意开边，使起之镇京口，亦不久而罢。此必有故焉。盖赵宋家法本抑武人，况稼轩以北人侨南，南方世族必多侧目。故其在福建稍事兴作，便有"望安坐闽王殿"之劾。观此词之志，可知平日颇藐视南人，焉得不遭嫌忌？南宋时，河北屡起义兵，皆不援用，以致覆败。此中情势，犹可想见。而宋之不能北复中原，终日蹙而亡，亦正坐此。则此词之所关大矣。

《柯亭词评》云：前段言南朝无人追想仲谋、寄奴事，不胜今昔之感。后段言南北同归于尽。"元嘉"三句、"可堪"三句，言宋文之弱，太武之强，都成陈迹。"四十三年"，谓稼轩归宋所历之年。归宋时曾经过元魏南侵之道路，只今北望，感喟无穷。"廉颇"句，盖自喻南人诚无用，即有廉颇之将，亦不能用也。

念奴娇·书东流村壁

野棠花落，又匆匆、过了清明时节。划地东风欺客梦，一枕云屏寒怯[一]。曲岸持觞，垂杨系马，此地曾轻别。楼空人去，旧游飞燕能说。　　闻道绮陌东头，行人曾见[二]，帘底纤纤月。旧恨春江流不尽[三]，新恨云山千叠。料得明朝，尊前重见，镜里花难折。也应惊问，近来多少华发。

【校记】

[一] 枕 《全宋词》作"夜"。

[二] 曾 《全宋词》作"长"。

[三] 不尽 《全宋词》作"未断"。

【集评】

谭复堂曰：大踏步出来，与眉山同工异曲。然东坡是衣冠伟人，稼轩则弓刀游侠。"楼空"二句，可识其俊逸清新，兼之故实。

陈亦峰曰："旧恨春江流不尽，新恨云山千叠"，于悲壮中见浑厚。

梁卓如曰：此南渡之感。

《柯亭词评》云：此词疑亦有寓意。言别地而追想到楼中人，因楼中人而追想"行人曾见"，纯用倒钩之笔。"野棠"五句，写目前景况。"曲岸"五句，写昔日游踪。后段"闻道"句推开，另起波澜。"帘底"句应"楼空"句。所谓"纤纤月"，殆指"楼中人"而言。"旧恨"二句，缴上逗下。"重见"已成"镜里花"，此新恨所由来。"华发"正恨之结果所致。盖所谓旧恨者，别离之恨；所谓新恨者，决绝之恨也。

汉宫春·立春 [一]

春已归来，看美人头上，袅袅春幡。无端风雨，未肯收尽余寒。年时燕子，料今宵、梦到西园。浑未办、黄柑荐酒，更传青韭堆盘。　　却笑东风从此，便熏梅染柳，更没些闲。闲时又来镜里，转变朱颜。清愁不断，问何人、会解连环。生怕见、花开花落，朝来塞雁先还。

【校记】

[一]《全宋词》题作"立春日"。

周介存曰:"春幡"九字,情景已极不堪,燕子犹记年时好梦,"黄柑""青韭",极写燕安酖毒。换头又提动党祸,结用雁与燕激射,却捎带五国城旧恨。辛词之怨,未有甚于此者。

谭复堂曰:以古文长篇法行之。

《柯亭词评》云:起三句,指宴安一流。"无端"二句,指外侮。"年时"五句,指遗民。后段"却笑"五句,指煽动党祸者。"清愁"四句,写家国之恨。

沁园春·筑偃湖未成 [一]

叠嶂西驰,万马回旋,众山欲东。正惊湍直下,跳珠倒溅,小桥横截,缺月初弓。老合投闲,天教多事,检校长身十万松。吾庐小,在龙蛇影外,风雨声中。　　争先见面重重。看爽气朝来三数峰。似谢家子弟,衣冠磊落,相如庭户,车骑雍容。我觉其间,雄深雅健,如对文章太史公。新堤路,问偃湖何日,烟水蒙蒙。

【校记】

[一]《全宋词》题作"灵山齐庵赋,时筑偃湖未成"。

【集评】

陈子宏曰:说松而及谢家、相如、太史公,自非脱落故常者,未易闯其堂奥。

《柯亭词评》云:"叠嶂"句至"缺月初弓",言山川之形势。"老合"

句至"风雨声中",言隐居之志趣。后段"争先"二句,仍回写到山,极言山之可爱。"谢家子弟"喻一,"相如庭户"喻二,"文章太史公"喻三。后结三句拍题,言有愿未成。

祝英台近 [一]

宝钗分,桃叶渡。烟柳暗南浦。怕上层楼,十日九风雨。断肠点点飞红 [二],都无人管,倩谁唤、流莺声住。　　鬓边觑。试把花卜归期 [三],才簪又重数。罗帐灯昏,哽咽梦中语。是他春带愁来,春归何处。却不解、带将愁去 [四]。

【校记】

[一]祝英台近　《全宋词》作《祝英台令》,于词牌后标词题"晚春"。

[二]点点　《全宋词》作"片片"。

[三]归　《全宋词》作"心"。

[四]带将愁去　《全宋词》作"将愁归去"。

【集评】

沈东江曰:稼轩词以激扬奋厉为主。至"宝钗分,桃叶渡"一曲,狎昵温柔,魂销意尽。才人伎俩,真不可测。

张皋文曰:此与德祐太学生二词用意相似。"点点飞红",伤君子之弃。"流莺",恶小人得志也。"春带愁来",其刺赵张乎?

谭复堂曰:"断肠"二句,一波三过折。末三句,托兴深切,亦非全用直语。

《柯亭词评》云:此亦伤春惜别之词。前后二结,融情景为一片。

"花卜""梦语",均写别后相思。

菩萨蛮·书江西造口壁

郁孤台下清江水。中间多少行人泪。西北是长安[一]。可怜无数山。　　青山遮不住。毕竟东流去[二]。江晚更愁予[三]。山深闻鹧鸪。

【校记】

[一]西　《全宋词》作"东"。
[二]东　《全宋词》作"江"。
[三]更　《全宋词》作"正"。

【集评】

张皋文曰:《鹤林玉露》言南渡之初,金人追隆祐太后御舟至造口,不及而还。幼安因此起兴。"鹧鸪"之句,谓恢复行不得也。
周介存曰:借水怨山。
谭复堂曰:"西北"二句,宕逸中亦深炼。
陈亦峰曰:用意用笔,洗脱温韦殆尽。然大旨正见吻合。
梁卓如曰:《菩萨蛮》如此大声镗鞳,未曾有也。

蝶恋花·元旦立春[一]

谁向椒盘簪彩胜。整整韶华,争上春风鬓。往日不堪重记省。为花长把新春恨。　　春未来时先借问。晚恨开迟,早又飘零近。今岁花期消息定。只愁风雨无凭准。

[一]《全宋词》题作"戊申元日立春席间作"。

【集评】

周介存曰：然则依旧不定也。

谭复堂曰：末二句旋撇旋挽。

陈亦峰曰："今岁花期消息定。只愁风雨无凭准"，盖言荣辱不定，迁谪无常。言外有多少哀怨，多少疑惧。

青玉案·元夕

东风夜放花千树。更吹陨[一]、星如雨。宝马雕车香满路。凤箫声动，玉壶光转，寂寞鱼龙舞[二]。　　蛾儿雪柳黄金缕。笑语盈盈暗香去。众里寻他千百度。蓦然回首，那人却在，灯火阑珊处[三]。

【校记】

[一]陨　《全宋词》作"落"。

[二]寂寞　《全宋词》作"一夜"。

[三]灯火　《全宋词》作"□□"，案云："元刊本作'灯火'。"

【集评】

彭骏孙曰："蓦然回首，那人却在，灯火阑珊处"，秦周之佳境也。

谭复堂曰：稼轩心胸，发其才气。改之而下则犷。起二句，赋色瑰异。后结四句，和婉。

梁卓如曰：自怜幽独，伤心人别有怀抱。

陈亮

字同甫，婺州永康人。淳熙中，诣阙上书。光宗绍熙四年，策进士，擢第一，授签书建康府判官厅公事，未至官而卒。端平初，谥文毅。有《龙川集》，间词二卷。

水龙吟·春恨

闹花深处层楼，画帘半卷东风软。春归翠陌，平莎茸嫩，垂杨金浅。迟日催花，淡云阁雨，轻寒轻暖。恨芳菲世界，游人未赏，都付与、莺和燕。　　寂寞凭高念远。向南楼、一声归雁。金钗斗草，青丝勒马，风流云散。罗绶分香，翠绡封泪，几多幽怨。正销魂，又是疏烟淡月，子规声断。

【集评】

黄蓼园曰："闹花深处层楼"，见不事事也；"东风软"，即东风不竞之意也。"迟日""淡云""轻寒轻暖"，一暴十寒之喻也。好"世界"不求贤共理，惟与小人游玩，如莺燕也。"念远"者，念中原也。"一声归雁"，谓边信至。乐者自乐，忧者自忧也。

刘融斋曰："恨芳菲世界，游人未赏，都付与、莺和燕"，言近旨远，直有宗留守大呼渡河之意。

刘过

字改之，号龙洲道人，吉州太和人。尝伏阙上书，请光宗过宫。复以书抵时宰，陈恢复方略。不报，放浪湖海间。有《龙洲集》，词一卷。

贺新郎

去年秋[一]，予试牒四明，赋赠老娟，至今天下与禁中皆歌之。江西人来，以为邓南秀词，非也。

老去相如倦。向文君说似，而今怎生消遣。衣袂京尘曾染处，空有香红尚软。料彼此、魂销肠断。一枕新凉眠客舍，听梧桐、疏雨秋风颤[二]。灯晕冷，记初见。　　楼低不放珠帘卷。晚妆残、翠蛾狼藉[三]，泪痕流脸[四]。人道愁来须殢酒，无奈愁深酒浅。但托意、焦琴纨扇[五]。莫鼓琵琶江上曲，怕荻花、枫叶俱凄怨。云万叠，寸心远。

【校记】

[一]去年秋 《全宋词》作"壬子春"。此序《全宋词》置于词末，并云为作者自跋。

[二]风 《全宋词》作"声"。

[三]蛾 《全宋词》作"钿"。

[四]流脸 《全宋词》作"凝面"。

[五]托意 《全宋词》作"寄兴"。

许蒿庐曰：青衫憔悴，红粉飘零，千古一泪。

况蕙风曰："衣袂"三句，"但托意"三句，是其当行出色。蒋竹山伯仲间耳。

唐多令·重过武昌 [一]

芦叶满汀洲。寒沙带浅流。二十年、重过南楼。柳下系船犹未稳，能几日、又中秋。　　黄鹤断矶头。故人曾到不 [二]。旧江山、浑是新愁。欲买桂花同载酒，终不是、少年游。

【校记】

[一]《全宋词》序曰："安远楼小集，侑觞歌板之姬黄其姓者，乞词于龙洲道人，为赋此《糖多令》，同柳阜之、刘去非、石民瞻、周嘉仲、陈孟参、孟容，时八月五日也。"又按语云："原题只'安远楼小集'五字，此从《彊村丛书》本《龙洲词》。"

[二]曾到　《全宋词》作"今在"。

【集评】

沈天羽曰：精畅语俊，韵协音调。

谭复堂曰：雅音。

黄蓼园曰：按宋当南渡，武昌系与敌分争之地。重过能无今夕之感？词旨清越，亦见含蓄不尽之致。

刘克庄

字潜夫，莆田人。以荫仕。淳祐中，赐同进士出身。官龙图阁直学士。有《后村别调》一卷。

贺新郎·端午 [一]

思远楼前路。望平堤、十里湖光，画船无数。绿盖盈盈红粉面，叶底荷花解语。斗巧结、同心双缕。尚有经年离别恨，一丝丝、总是相思处。相见也，又重午。　　清江旧事传荆楚。叹人情、千载如新，尚沉菰黍。且尽尊前今日醉，谁肯独醒吊古。泛几盏、菖蒲绿醑。两两龙舟争竞渡，奈珠帘、暮卷西山雨。看未足，怎归去。

【校记】

[一]《全宋词》于词牌后未标词题，并云此词为甄龙友词，误为刘克庄词。

【集评】

黄蓼园曰：就观竞渡者落想，是避实击虚之法。"谁肯独醒"，翻用得妙。"看未足，怎归去"，妙有寄托。含蓄无限意。

玉楼春·戏呈林节推乡兄^[一]

年年跃马长安市。客舍似家家似寄。青钱换酒日无何，红烛呼卢宵不寐。　　易挑锦妇机中字。难得玉人心下事。男儿西北有神州，莫洒水西桥畔泪^[二]。

【校记】

[一]《全宋词》题作"戏林推"。

[二]洒 《全宋词》作"滴"。

【集评】

况蕙风曰：杨升庵谓其壮语足以立懦，此类是已。

范成大

字致能，吴郡人。绍兴中进士。累官权吏部尚书，拜参知政事，进资政殿学士，领洞霄宫。卒谥文穆。有《石湖词》一卷。

眼儿媚·萍乡道中 [一]

酣酣日脚紫烟浮。妍暖试轻裘 [二]。困人天气，醉人花底，午梦扶头。　　春慵恰似春塘水，一片縠纹愁。溶溶泄泄，东风无力，欲皱还休。

【校记】

[一]《全宋词》题作"萍乡道中乍晴，卧舆中，困甚，小憩柳塘"。

[二] 试　《全宋词》作"破"。

【集评】

王湘绮曰：自然移情，不可言说，绮语中仙语也。

况蕙风曰："春慵"紧接"困"字、"醉"字来，细极。

陆游

字务观，越州山阴人。以荫补登仕郎。隆兴初赐进士出身。范成大帅蜀，为参议官。累知严州。嘉太初，诏同修国史兼秘书监，升宝章阁待制，致仕。卒。有《渭南集》《剑南集》，词一卷。

水龙吟·春日游摩诃池

摩诃池上追游路，红绿参差春晚。韶光妍媚，海棠如醉，桃花欲暖。挑菜初闲，禁烟将近，一城丝管。看金鞍争道，香车飞盖，争先占、新亭馆。　　惆怅年华暗换。黯销魂、雨收云散。镜奁掩月，钗梁拆凤，秦筝斜雁。身在天涯，乱山孤垒，危楼飞观。叹春来只有，杨花和恨，向东风满。

【集评】

黄蓼园曰：此词虽含蓄，而极沉痛。盖南渡国步日蹙，而上下逸乐，所谓"一城丝管"，争占亭馆也。后段自叹年华已晚，身安废弃，流落天涯，不能为力也。结句"恨向东风满"，饶有沉雄郁勃之致。

《柯亭词评》云：前段追忆旧游，景物何等热闹；后段感怀现况，景物何等凄凉。宜对比看。

鹊桥仙

华灯纵博，雕鞍驰射，谁记当年豪举。酒徒一半取封侯[一]，独去作、江边渔父。　　轻舟八尺，低篷三扇，占断蘋洲烟雨。镜湖元自属闲人，又何必、官家赐与[二]。

【校记】

[一] 半　《全宋词》作"一"。

[二] 官家　《全宋词》作"君恩"。

【集评】

《词品》云：放翁词，纤丽处似淮海，雄快处似东坡。其感旧《鹊桥仙》一首，英气可掬，流落亦可惜矣。

许蒿庐曰："酒徒"二句，感愤语以蕴藉出之。"镜湖"二句，翻用贺知章事，而感慨意即寓其中。

《柯亭词评》云：前半写酒徒，后半写渔父，亦对比局格。

陆淞

字子逸，号云溪，山阴人。官辰州守，放翁雁行也。

瑞鹤仙

　　脸霞红印枕。睡起来[一]、冠儿还是不整。屏间麝煤冷。但眉山压翠[二]，泪珠弹粉。堂深昼永。燕交飞、风帘露井。恨无人，与说相思，近日带围宽尽。　　　重省。残灯朱幌，淡月纱窗，那时风景。阳台路远[三]。云雨梦，便无准。待归来，先指花梢教看，却把心期细问。问因循、过了青春，怎生意稳。

【校记】

　　[一]起　《全宋词》作"觉"。

　　[二]山　《全宋词》作"峰"。

　　[三]远　《全宋词》作"迥"。

【集评】

　　张叔夏曰：景中带情，屏去浮艳。

　　贺黄公曰："待归来"下，迷离婉妮。

　　董子远曰：刺时之言。

　　王湘绮曰：小说造为咏歌姬睡起之词，不顾文理。本事之附会，大要如此。

　　《柯亭词评》云：此词描写闺思，前半写别离憔悴情景，后半由重省当日，写到归来责教，委宛尽致。

俞国宝

临川人。淳熙太学生。有《醒庵遗珠集》。

风入松·题酒肆 [一]

　　一春长费买花钱。日日醉湖边 [二]。玉骢惯识西湖路，骄嘶过、沽酒楼前 [三]。红杏香中歌舞 [四]，绿杨影里秋千。　　暖风十里丽人天。花压鬓云遍 [五]。画船载取春归去，余情付 [六]、湖水湖烟。明日重扶残醉，来寻陌上花钿。

【校记】

[一]《全宋词》于词牌后未标词题。

[二]湖　《全宋词》作"花"。

[三]楼　《全宋词》作"垆"。

[四]歌舞　《全宋词》作"箫鼓"。

[五]鬓　《全宋词》作"髻"。遍　《全宋词》作"偏"。

[六]付　《全宋词》作"寄"。

【集评】

沈天羽曰：起处自然馨逸。

陈亦峰曰："金勒马嘶芳草地，玉楼人醉杏花天"，有此香艳，无此情致。结二句，余波绮丽，可谓"回眸一笑百媚生"。

况蕙风曰：流美。

《柯亭词评》云：通首以"醉"字为眼。"玉骢""画船"，前后映带。

张镃

字功甫，号约斋，西秦人。居临安，循王诸孙。官奉议郎，直秘阁。有《南湖集》，《玉照堂词》一卷。

满庭芳·促织 [一]

月洗高梧，露溥幽草，宝钗楼外秋深。土花沿翠，萤火坠墙阴。静听寒声断续，微韵转、凄咽悲沉。争求侣，殷勤劝织，促破晓机心。　　儿时，曾记得，呼灯灌穴，敛步随音。任满身花影，犹自追寻。携向画堂试斗 [二]，亭台小、笼巧装金 [三]。今休说，从渠床下，凉夜听孤吟。

【校记】

[一]《全宋词》题作"促织儿"。

[二]画 《全宋词》作"华"。试 《全宋词》作"戏"。

[三]装 《全宋词》作"妆"。

【集评】

贺黄公曰：此词较姜白石咏蟋蟀，不惟曼声胜其高调，兼形容处心细如丝发，皆姜词之所未发。

许蒿庐曰：响逸调远。又曰："萤火"句，陪衬，"任满身"二句，工细。

姜夔

字尧章，鄱阳人。寓居吴兴之武康，与白石洞天为邻，自号白石道人。庆元中，曾上书乞正太常雅乐，得免解，讫不第而卒。有《白石诗》一卷，词五卷。

暗香·石湖咏梅 [一]

旧时月色。算几番照我，梅边吹笛。唤起玉人，不管清寒与攀摘。何逊而今渐老，都忘却、春风词笔。但怪得、竹外疏花，香冷入瑶席。　　江国。正寂寂。叹寄与路遥，夜雪初积。翠尊易泣。红萼无言耿相忆。长记曾携手处，千树压、西湖寒碧。又片片、吹尽也，几时见得。

【校记】

[一]《全宋词》于词牌后无此词题。序曰："辛亥之冬，予载雪诣石湖。止既月，授简索句，且征新声。作此两曲，石湖把玩不已，使工妓隶习之，章节谐婉，乃名之曰《暗香》《疏影》。"

【集评】

周介存曰：前段言其盛时如此，衰时如此。后段乃想其盛时，感其衰时。

谭复堂曰："石湖咏梅"是尧章独到处。"翠尊"二句，深美有骚辨意。

《柯亭词评》云：此章写别情。因湖厅夜宴，梅香入席，忆及西湖梅月下旧事，对酒发生感慨，乃是兴体。"旧时"五句，均写过去。"何逊"四句，均写现在。"江国"四句，仍写现在。"翠尊"二句，由现在又说到过去。"长记"二句，均说过去，回顾"旧时"五句。"又片片、吹尽也"，即眼前之"竹外疏花"。"几时见得"并收到西湖月下携手攀摘之树。笔力横绝。

疏影

苔枝缀玉。有翠禽小小，枝上同宿。客里相逢，篱角黄昏，无言自倚修竹。昭君不惯胡沙远，但暗忆、江南江北。想佩环、月下归来，化作此花幽独。　　犹记深宫旧事，那人正睡里，飞近蛾绿。莫似春风，不管盈盈，早与安排金屋。还教一片随波去，又却怨、玉龙哀曲。等恁时、重觅幽香，已入小窗横幅。

【集评】

周介存曰：此词以"相逢""化作""莫似"六字作骨。下半阕言其不能挽留，听其自为盛衰也。

谭复堂曰："还教"二句，跌宕昭彰。

郑叔问曰：此盖伤心二帝蒙尘，诸后妃相从北辕，沦落胡地，故以昭君托寓，发言哀断。考王建《塞上咏梅》诗曰："天山路旁一株梅，年年花发黄云下。昭君已没汉使回，前后征人谁系马。"白石词意当本此。近世读者多以意疏解，或有嫌其举典拟于不伦者，殆不自知其浅暗矣。词中数语，纯从少陵咏明妃诗意檃括，出以清健之笔，如闻空中笙鹤，飘飘欲仙。觉草窗、碧山所作《吊雪香亭梅》诸词，皆人间语，视此如隔一尘。宜当时传播吟口，为千古绝唱也。至下阕，借《宋书》寿阳公主故事，引申前意，寄情遥远，所谓怨深文绵，得风人温厚之旨已。

《柯亭词评》云：此章乃吊随二帝北狩诸妃嫔、公主而作。因见篱角梅花而想到昭君墓梅及寿阳宫梅，发抒一段感慨，亦是兴体。"苔枝缀玉"至"自倚修竹"，是眼前梅花。"昭君"以下四句，融合唐王建《塞上咏梅》诗、杜工部咏明妃诗檃括而成。"小窗横幅"，已成画稿，言眼前梅花将来如此，重来已无幽香可觅，亦与昭君、寿阳诸美同归于尽，徒留此残影，供人凭吊而已。"金屋"与"篱角"对照，言此幽花不受春风管领，落后宁随流水，方能自保其洁。今诸美扈从北狩，难保无如王昭仪辈之随圆缺者。帝王失势不能庇及妇人，故有玉龙之哀怨。玉龙，笛名。笛中有《落梅曲》，故名哀曲。

扬州慢 [一]

淮左名都，竹西佳处，解鞍少驻初程。过春风十里，尽荠麦青青。自胡马窥江去后，废池乔木，犹厌言兵。渐黄昏，清角吹寒，都在空城。　　杜郎俊赏，算而今、重到须惊。纵豆蔻词工，青楼梦好，难赋深情。二十四桥仍在，波心荡、冷月无声。念桥边红药，年年知为谁生。

【校记】

[一]《全宋词》序曰："淳熙丙申至日，予过维扬。夜雪初霁，荠麦弥望。入其城，则四顾萧条，寒水自碧，暮色渐起，戍角悲吟。予怀怆然，感慨今昔，因自度此曲。千岩老人以为有黍离之悲也。"

【集评】

陈亦峰曰："自胡马窥江去后，废池乔木，犹厌言兵。渐黄昏，清角吹寒，都在空城"，数语写兵燹后情景逼真。"犹厌言兵"四字，包括无限伤乱语，他人累千百言亦无此韵味。

《柯亭词评》云："淮左"五句，是兵燹前初到之扬州；"自胡马"以下五句，是兵燹后重到之扬州。过片借杜牧事，点明重到，发抒感慨，言虽有"豆蔻梢头"之诗，"青楼薄幸"之梦，因劫后人空，深情亦无可赋处。"清角吹寒""波心荡月"均劫后景物，却分前后遍夹写，格局便不平直。"乔木""厌言兵"，见"树犹如此，人何以堪"，是进一层说法。"红药""为谁生"，愈使深情难赋之意完足。借草木发抒感慨，均是从侧面用笔写法。

长亭怨慢 [一]

渐吹尽、枝头香絮。是处人家，绿深门户。远浦萦回，暮帆零乱向何许。阅人多矣，谁得似、长亭树。树若有情时，不会得、青青如此。　　日暮。望高城不见，只见乱山无数。韦郎去也，怎忘得、玉环分付。第一是、早早归来，怕红萼、无人为主。算空有并刀，难剪离愁千缕。

【校记】

[一]《全宋词》序曰："予颇喜自制曲，初率意为长短句，然后协以律，故前后阕多不同。桓大司马云：'昔年种柳，依依汉南。今看摇落，凄怆江潭。树犹如此，人何以堪。'此语予深爱之。"

吴子律曰：白石《长亭怨慢》小引桓大司马云云，乃庾信《枯树赋》，非桓温语。

陈亦峰曰：白石《长亭怨慢》云"阅人多矣，谁得似、长亭树。树若有情时，不会得、青青如此"，白石诸词，惟此数语，最为沉痛迫烈。

麦孺博曰：浑灏流转，脱胎稼轩。

《柯亭词评》云：调名《长亭怨慢》，故题旨专就离情抒写。前段全借"柳"说：起三句，写老柳絮尽，"绿深"已令人生感。"远浦"二句，点明离情。"阅人"四句，仍说到柳。"长亭树"，即柳也。"青青如此"应"绿深"句。后段全写离情："高城""乱山"，触景生愁。"韦郎"二句，用韦皋玉箫故事。"第一"以下，实写离情。语尽而意不尽。

翠楼吟·武昌安远楼成 [一]

月冷龙沙，尘清虎落，今年汉酺初赐。新翻胡部曲，听毡幕、元戎歌吹。层楼高峙。看槛曲萦红，檐牙飞翠。人姝丽。粉香吹下，夜寒风细。　　此地。宜有神仙 [二]，拥素云黄鹤，与君游戏。玉梯凝望久，叹芳草、萋萋千里。天涯情味。仗酒祓清愁，花消英气 [三]。西山外。晚来还卷，一帘秋霁。

【校记】

［一］《全宋词》序曰："淳熙丙午冬，武昌安远楼成，与刘去非诸友落之，度曲见志。予去武昌十年，故人有泊舟鹦鹉洲者，

闻小姬歌此词，问之颇能道其事，还吴为予言之。兴怀昔游，且伤今之离索也。”

[二]神 《全宋词》作“词”。

[三]消 《全宋词》作“销”。

【集评】

周介存曰：此地宜得人才，而人才不可得。

陈亦峰曰：后半阕一操一纵，笔如游龙，意味深厚，是白石最高之作。此词应有所刺，特不敢穿凿求之。

《柯亭词评》云：起三句，正写安远楼成张宴。“新翻”二句，为安远盛事渲染。“层楼”三句入题，实写落成。“人姝丽”三句，盖宋代官宴时必有营妓侑觞，故云。然过片四句，特就妓席作翻论，言此雅地宜仙而不宜妓也。“玉梯”三句，言仙不可见，只见芳草千里而已。故“天涯”三句，发生怅叹。“玉梯”句承上“层楼”，“酒醒”句应上“汉酺”，“花消”句应上“人姝丽”。“西山”三句，虽闲闲写景，而仍有感喟在中。按是时外患方深，遑言安远且楼成，张宴挟妓，更涉荒谬。宜白石发生感慨，托辞婉讽也。陈亦峰谓此词应有所刺，信然。

点绛唇·丁未冬过吴淞作 [一]

燕雁无心，太湖西畔随云去。数峰清苦。商略黄昏雨。　　第四桥边，拟共天随住。今何许。凭阑怀古。残柳参差舞。

【校记】

[一]淞 《全宋词》作“松”。

陈亦峰曰：白石长调之妙，冠绝南宋，短章亦有不可及者。如此词通首只写眼前景物，至结处之"今何许。凭栏怀古。残柳参差舞"，感时伤事，只用"今何许"三字提倡。"凭栏怀古"以下，仅以"残柳"五字，咏叹了之。无穷哀感，都在虚处，令读者吊古伤今，不能自止。洵推绝调。

淡黄柳

客居合肥南城赤栏桥之西[一]，巷陌凄凉，与江左异。唯柳色夹道，依依可怜。因度此阕，以纾客怀。

空城晓角。吹入垂杨陌。马上单衣寒恻恻。看尽鹅黄嫩绿，都是江南旧相识。　　正岑寂。明朝又寒食。强携酒、小乔宅[二]。怕梨花落尽成秋色。燕燕飞来，问春何在，唯有池塘自碧。

【校记】

[一]栏　《全宋词》作"阑"。
[二]乔　《全宋词》作"桥"。

【集评】

王湘绮曰：亦以眼前语，故妙。
谭复堂曰：白石、稼轩，同音笙磬。但清脆与镗鞳异响，此事自关性分。

张辑

字宗瑞，号东泽，履信之子，鄱阳人。冯深居目为东仙。有《欸乃集》，《东泽绮语债》二卷。

疏帘淡月·寓桂枝香 [一]

梧桐雨细。渐滴做秋声 [二]，被风惊碎。润逼衣簟，线袅蕙炉沉水。悠悠岁月天涯醉。一分秋、一分憔悴。紫箫吹断 [三]，素笺恨切，夜寒鸿起。　　又何苦、凄凉客里。负草堂春绿，竹溪空翠。落叶西风，吹老几番尘世。从前谙尽江湖味。听商歌、归兴千里。露侵宿酒，疏帘淡月，照人无寐。

【校记】

[一]《全宋词》又题"秋思"。

[二] 做　《全宋词》作"作"。

[三] 吹　《全宋词》作"吟"。

【集评】

王湘绮曰：轻重得宜，再莽不得。

《柯亭词评》云："润逼衣簟"，因"雨"故"润"。"夜寒鸿起"，因"雨"故"寒"。久居客里，故消受以上凄凉况味。"草堂春绿"是春，"竹溪空翠"是夏，"落叶西风"是秋，言辜负故乡春夏许多佳日，而受尽客里秋风之凄凉也。"吹老几番尘世"，应上"悠悠岁月"句，言从前虽谙尽作客滋味，今则听商歌而引起无穷之乡思矣。"无寐"句，盖因雨后月出，望月而思乡更切。

卢祖皋

字申之，又字次夔，号蒲江，永嘉人。庆元五年进士。为军器少监。嘉定十四年，权直学士院。有《蒲江词》。

江城子

画楼帘幕卷新晴。掩银屏。晓寒轻。坠粉飘香，日日唤愁生。暗数十年湖上路，能几度，着娉婷。　　年华空自感飘零。拥春酲。对谁醒。天阔云闲，无处觅箫声。载酒买花年少事，浑不似，旧心情。

【集评】

况蕙风曰：后段与刘龙洲词"欲买桂花重载酒，终不似、少年游"，可称异曲同工。然终不如少陵之"诗酒尚堪驱使在，未须料理白头人"为倔强可喜。

清平乐

柳边深院。燕语明如剪。消息无凭听又懒。隔断画屏双扇。　　宝杯金缕红牙。醉魂几度儿家。何处一春游荡，梦中犹恨杨花。

【集评】

况蕙风曰：末二句是加倍写法。

高观国

字宾王，山阴人。有《竹屋痴语》一卷。

齐天乐·中秋夜怀梅溪

晚云知有关山念，澄霄卷开清霁。素影中分[一]，冰盘正溢，何啻婵娟千里。危阑静倚。正玉管吹凉，翠觞留醉。记约清吟，锦袍初唤醉魂起。　　孤光天地共影，浩歌谁与舞，凄凉风味。古驿烟寒，幽垣梦冷，应念秦楼十二。归心对此。想斗插天南，雁横辽水。试问姮娥，有愁能为寄[二]。

【校记】

[一]影中分　《全宋词》作"景分中"。

[二]愁　《全宋词》作"谁"。

【集评】

姜白石曰：徘徊宛转，交情如见。

况蕙风曰：宋人词亦有疵病。断不可学"古驿"三句。钩勒太露，便失之薄。

贺新郎·梅[一]

月冷霜袍拥。见一枝、年华又晚，粉愁香冻。云隔溪桥人不度，的皪春心未纵。清影怕、寒波摇动。

更没纤毫尘俗态，倚高情、预得春风宠。沉冻蝶，挂
么凤。　　一杯正要吴姬捧。想见那、柔酥弄白，暗
香偷送。回首罗浮今在否，寂寞烟迷翠垄[二]。又争奈、
桓伊三弄。问遍西湖春意烂[三]，算群花、正作江山梦。
吟思怯，暮云重。

【校记】

[一]《全宋词》题作"赋梅"。

[二]垄　《全宋词》作"拢"。

[三]问　《全宋词》作"开"。

【集评】

吴子律曰：咏物虽小题，然极难作，贵有不粘不脱之妙。高
竹屋咏梅云"云隔溪桥人不度，的皪春心未纵"，刻画精巧，运
用生动，可谓空前绝后矣。

许蒿庐曰：此词神韵小减，然气格自佳。又曰："问遍西湖"二句，
奇语不可多得。

史达祖

字邦卿，汴人。有《梅溪词》一卷。

双双燕·春燕 [一]

    过春社了，度帘幕中间，去年尘冷。差池欲住，试入旧巢相并。还相雕梁藻井。又软语、商量不定。飘然快拂花梢，翠尾分开红影。   芳径。芹泥雨润。爱贴地争飞，竞夸轻俊。红楼归晚，看足柳昏花暝。应自栖香正稳。便忘了、天涯芳信。愁损翠黛双蛾，日日画阑独凭。

【校记】

    [一]《全宋词》题作"咏燕"。

【集评】

    黄花庵曰：形容尽矣。又曰：姜尧章最赏其"柳昏花暝"之句。

    王阮亭曰：仆每读史邦卿咏燕词，以为咏物至此，人巧极天工错矣。

    黄蓼园曰："栖香"下至末，似指朋友间有不能践言者。

    谭复堂曰：起处藏过一番感叹，为"还"字、"又"字张本。"还相"二句，挑按见指法，再搏弄便薄。"红楼"句，换笔。"应自"句，换意。"愁损"二句，收足，然无余味。

    周尔墉曰：史生颖妙非常，此词可谓能尽物性。

    《柯亭词评》云："翠尾分开红影"以上，写初来之燕。"便忘了、天涯芳信"以上，写久居之燕。情词俱到，体物入微。张功甫赏其清新闲婉，姜白石称其奇秀清逸，可见当时已成名作。

绮罗香·春雨 [一]

做冷欺花，将烟困柳，千里偷催春暮。尽日冥迷，愁里欲飞还住。惊粉重、蝶宿西园，喜泥润、燕归南浦。最妨他、佳约风流，钿车不到杜陵路。　　沉沉江上望极，还被春潮晚急，难寻宫渡 [二]。隐约遥峰，和泪谢娘眉妩。临断岸、新绿生时，是落红、带愁流处。记当日、门掩梨花，剪灯深夜语。

【校记】

[一]《全宋词》题作"咏春雨"。

[二] 宫 《全宋词》作"官"。

【集评】

黄花庵曰："临断岸"以下数语，最为姜尧章称赏，谓梅溪之词，盖能融情景于一家，会句意于两得。其谓是欤。

许蒿庐曰："尽日"二句，摹写入神。"记当日"二句，如此运用，实处皆虚。

黄蓼园曰：愁雨耶，怨雨耶，多少淑偶佳期，尽为所误。而伊仍浸淫渐渍，联绵不已，小人情态如是。句句清隽可思，好在结二语，写得幽闲贞静，自有身分，怨而不怒。

孙月坡曰："做冷欺花，将烟困柳"，只八字，已将春雨画出。

《柯亭词评》云："愁里欲飞还住"以上，说春雨情状。"钿车不到杜陵路"以上，说春雨结果。"沉沉江山望极"至"和泪谢娘眉妩",写春雨中所见。"新绿""落红"二句,是春雨雨后情景。
后结二句,是雨后回忆。

湘江静

暮草堆青云浸浦。记匆匆、倦篙曾驻。渔榔四起,
沙鸥未落,怕愁沾诗句。碧袖一声歌,石城怨、西风
随去。沧波荡晚,孤蒲弄秋,还重到、断魂处。　　酒
易醒,思正苦。想空山、桂香悬树。三年梦冷,孤吟
意短,屡烟钟津鼓。屐齿厌登临,移橙后[一]、几番凉
雨。潘郎渐老,风流顿减,闲居未赋。

【校记】

[一]橙　《全宋词》校云:"别作'灯'。"

【集评】

陈亦峰曰:梅溪词,如"碧袖一声歌,石城怨、西风随去。
沧波荡晚,孤蒲弄秋,还重到、断魂处",沉郁之至。又"三年
梦冷,孤吟意短,屡烟钟津鼓。屐齿厌登临,移橙后、几番凉雨",
亦居然美成复生。

陈倦鹤曰:此词布局,因旧地重游,有许多感喟,特不先说
现时之心事,而转由追溯前游入手,再从前次之"断魂"折入此
时"梦冷""意短"之境。"还重到、断魂处"与"酒易醒,思正
苦",取岭断云连之势,为前后两段之关键。故前段之前七句全
说前游,后四句一拍合,便开后段。而后段之"屡"字及"几番",
又关合前段。"潘郎渐老"三句作收,为点明作词本意。章法完密,

波澜壮阔。

《柯亭词评》云："暮草"句，点明现境。"记匆匆"至"西风随去"，是追忆昔游。前结四句，"荡晚""弄秋"二句，是眼前景物。"还重到"二句，拍合后半"酒易醒"二句，是现况。"桂香悬树"，即小山招隐之意。"梦冷""意短""烟钟津鼓"，写作客身世。"倦篙曾驻"是舟行，"屐齿厌登临"是山行。"倦"字、"厌"字宜对看，便知前后神理一贯。后结三句，点明题旨。"闲居"句与"想空山"句呼应。

临江仙

　　倦客如今老矣，旧时不奈春何。几曾湖上不经过。看花南陌醉，驻马翠楼歌。　　远眼愁随芳草，湘裙忆着春罗。枉教装得旧时多。向来箫鼓地，犹见柳婆娑。

【集评】

　　况夔笙曰："向来"二句，人人能道。"几曾"句妙绝，似乎不甚经意。所谓"得来容易却艰辛"也。

　　陈亦峰曰："枉教装得旧时多。向来箫鼓地，曾见柳婆娑"，慷慨生哀，极悲极郁。较"临断岸、新绿生时，是落红、带愁流处"二句，尤为沉至。此种境界，却是梅溪独绝处。

　　《柯亭词评》云："旧时不奈春何"，"枉教装得旧时多"，抚今追昔，不堪回首。

吴文英

字君特，号梦窗，晚号觉翁，四明人。从吴履斋诸公游。有《梦窗甲乙丙丁稿》四卷。

霜叶飞·重九

断烟离绪。关心事，斜阳红隐霜树。半壶秋水荐黄花，香喂西风雨。纵玉勒、轻飞迅羽。凄凉谁吊荒台古。记醉踏南屏，彩扇咽、寒蝉倦梦，不知蛮素。　　聊对旧节传杯，尘笺蠹管，断阕经岁慵赋。小蟾斜影转东篱，夜冷残蛩语。早白发、缘愁万缕。惊飙从卷乌纱去。漫细将、茱萸看，但约明年，翠微高处。

【集评】

海绡翁曰：起七字，已将"纵玉勒"以下摄起在句前。"斜阳"六字，依稀风景。"半壶"至"风雨"十四字，情随事迁。以下五句，上二句突出悲凉，下三句平放和婉。"彩扇"属"蛮素"，"倦梦"属"寒蝉"。徒闻寒蝉，不见蛮素，但仿佛其歌扇耳。今则更成倦梦，故曰不知。两句神理，结成一片，所谓"关心事"者如此。换头于无聊中寻出消遣，"断阕慵赋"，则乃是消遣不得。"残蛩"对上"寒蝉"，又换一境。盖蛮素既去，则事事都嫌矣。收句与"聊对旧节"一样意思，现在如此，未来可知。极感怆，却极闲冷，想见觉翁胸次。

陈倦鹤曰：全篇一气呵成。前半阕加倍写法，极沉痛。换头三句，一转再转，极顿挫。结拍以转为收，如云散雨收，余霞成绮。而"霜树""黄花"，就"传杯"前所见言之；"蟾影""蛩语"，就传杯后所遇言之：皆用实写，而各是一境。"斜阳""雨""蛮素""翠微"，则均游刃于虚，极虚实相间之妙。"断阕"与前之咽凉蝉、后之"残蛩语"，"旧节"与前之"记醉踏"、后之"明年"，线索分明，尤见细针密缕。即"隐"字、"嘎"字、"轻飞"字、"咽"字、"转"字、"冷"字、"缘"字、"从卷"字，亦各有意义。其千锤百炼，是炼意，非仅琢句，非沉晦，亦不质实。有知梦窗者，当不河汉斯言。

《柯亭词评》云：此因重九遇雨，待至傍晚，仍不能登高而作。"斜阳"句至"谁吊荒台古"，正写今年之重九。"记醉踏南屏"三句，回想去年之重九。"聊对"三句，综合去今两年说。"小蟾"二句，又说到目前。"斜阳红隐霜树"是雨日，并无斜阳；"小蟾影转东篱"是晚晴，乃见斜月。"残蛩"与前"咽寒蝉"相映带。"早白发"二句，是触景生情。"卷乌纱"用重九龙山落帽故事，题意已完。后结二句是预想到明年之重九。"翠微高处"应前"醉踏南屏"句。

忆旧游·别黄澹翁

送人犹未苦，苦送春、随人去天涯。片红都飞尽，正阴阴润绿，暗里啼鸦。赋情顿雪双鬓，飞梦逐尘沙。叹病渴凄凉，分香瘦减，两地看花。　　西湖断桥路，想垂杨系马[一]，依旧欹斜。葵麦迷烟处，问离巢孤燕，飞过谁家。故人为写深怨，空壁扫秋蛇。但醉上吴台，残阳草色归思赊。

【校记】

[一] 垂杨系马　《全宋词》作"系马垂杨"。

【集评】

谭复堂曰:起句如飞鸟侧翅。换头见章法。正面已是深湛之思。"葵麦"三句,最是善学清真处。

海绡翁曰:言是伤春,意是忆别,此恨有触即发,全不注在澹翁也,故曰"送人犹未苦"。"片红""润绿",比兴之义,跌起赋情,笔力奇重。"病渴""分香",意乃大明。不为送人,亦不为送春矣。"西湖断桥",昔之别地。下二句,言风景不殊。"离巢"二句,谓其已去。"故人"即澹翁。写怨正与赋情对看,言我方在此赋情,故人则到彼,为我写怨矣。澹翁此行,当是由吴入杭。

《柯亭词评》云:此词写别情,当另有寓意,特借别澹翁而发耳。起三句先退一步,再进一步说,极得势。"片红"三句写景,是春去;"赋情"二句抒情,是人去。"叹病渴"三句,正写别情。后段"西湖"三句,追忆聚时。"葵麦"三句,仍说到别情。"迷烟处"即"梦逐尘沙"处,亦即人去之天涯也。"故人"二句,总写别情。"写怨"与前"赋情"相应。所谓深怨,即指"病渴凄凉,分香瘦减"而言。前后一气呵成,而脉络分明可见。后结"残阳草色",自屯田"草色烟光残照里"句脱化而出。

齐天乐

烟波桃叶西陵路,十年断魂潮尾。古柳重攀,轻鸥聚别,陈迹危亭独倚。凉飔乍起。渺烟碛飞帆,暮山横翠。但有江花,共临秋镜照憔悴。　　华堂烛暗送客,眼波回盼处,芳艳流水。素骨凝冰,柔葱蘸雪,犹忆分瓜深意。清尊未洗。梦不湿行云,慢沾残泪[一]。可惜秋宵,乱蛩疏雨里。

[一]慢 《全宋词》作"漫"。

【集评】

谭复堂曰:起平而结响颇遒。"凉飔乍起"是领句,亦是提肘书法。"但有"二句,沉着。换头是追叙。

海绡翁曰:此与《莺啼序》盖同一年作。彼云十载,此云十年也。西陵,邂逅之地,提起。"断魂潮尾",跌落。中间送客一事,留作换头点睛三句,相为起伏,最是局势精奇处。谭复堂谓为平起,不知此中曲折也。"古柳重攀",今日;"轻鸥聚别",当时:平入逆出。"陈迹危亭独倚",歇步。"凉飔乍起",转身。"渺烟碛飞帆,乱山横翠",空际出力。"但有江花,共临秋镜照憔悴",收合"倚亭"。送客者,送妾也。柳浑侍儿名琴客,故以客称妾,《新雁过妆楼》之"宜城当时放客",《风入松》之"旧曾送客",《尾犯》之"长亭曾送客",皆此客字。"眼波回盼",是将去时之客。"素骨凝冰,柔葱蘸雪"是未去时之客。"犹忆分瓜深意",别后始觉不祥,极幽咽怨断之致,岂其人此时已有去志乎? "清尊未洗",此愁酒不能消。"凉飔"句是领下,此句是煞上。"行云"句着一"湿"字,藏行云在内。言朝来相思,至暮无梦也。梦窗运典隐僻,如诗家之玉溪,"乱萤疏雨",所谓"漫沾残泪"。

《柯亭词评》云:"烟波桃叶"至"危亭独倚",均过去陈迹。"凉飔"三句,景中有情,是目前景况。"江花"二句,情景夹写,是目前感慨。"华堂"句至"分瓜深意",均回忆已往情事。"清尊"二句,自宽自解。后结"可惜"二句,仍有不胜惆怅之意。

高阳台·落梅

宫粉雕痕,仙云堕影,无人野水荒湾。古石埋香,金沙锁骨连环。南楼不恨吹横笛，恨晓风、千里关山。半飘零，庭上黄昏，月冷阑干。　　寿阳空理愁鸾。问谁调玉髓，暗补香瘢。细雨归鸿，孤山无限春寒。离魂难倩招清些，梦缟衣、解佩溪边。最愁人，啼鸟晴明，叶底青圆。

【集评】

陈亦峰曰：梦窗《高阳台》一篇《落梅》，既幽怨又清虚，几欲突过中仙咏物诸篇，是集中最高之作，《词选》何以不录？又曰：梦窗精于造句：超逸处则仙骨珊珊，洗脱凡艳；幽索处则孤怀耿耿，别缔古欢。如《高阳台·落梅》云云，俱能超妙入神。

《柯亭词评》云：起三句，"雕痕""堕影"，均切落梅，"野水荒湾"是落梅地。起句便见所咏之意，此宋人词法也。"埋香""锁骨"，是落后语，故"古石"二句云云。笛中有《落梅曲》，"关山"系怀人之地，故"南楼"二句已神注。后段"离魂"二句，"半飘零"三句，言落梅之时与地，就景顿住。后段乃入人事。"寿阳"三句，言梅既落尽，无以点额，无需对镜，故曰"空理愁鸾"。"细雨""孤山"又说落梅之时与地。"鸿归"言离魂难招，唤起下句。"缟衣""解佩"，不辨是梅是人，贴落梅有神无迹。"最愁人"三句，收到落后结子，而以为最可愁，疑有寓意。

三姝媚·咏春情 [一]

吹笙池上道。为王孙重来，旋生芳草。水石清寒，过半春犹自，燕沉莺悄。稚柳阑干，晴荡漾、禁烟残照。往事依然，争忍重听，怨红凄调。　　曲榭方亭初扫。印藓迹双鸳，记穿林窈。顿隔年华，似梦回花上，露晞平晓。恨逐孤鸿，客又去、清明还到。便鞚墙头归骑，青梅已老。

【校记】

[一]《全宋词》于词牌后未标词题。

【集评】

海绡翁曰："池上道"，湖上旧居。"吹笙"，仙侣。"王孙重来"，客游初归，则别非一日矣。"旋生芳草"，倒钩。"燕沉莺悄"，杳无消息。"禁烟残照"，时节关心。两层联下，为"往事"二字逼取神理。"怨红凄调"，再跌进一步作歇。态浓意远，顾盼含愁。"曲榭方亭"即"西园"之"林亭"，"双鸳"即"惆怅不到"之"双鸳"。彼犹有望，此但记忆。"记"字倒钩。"顿隔年华"起步。"似梦回花上，露晞平晓"，复留步。真有回眸一笑之态。"客"即"孤鸿"，尤须与"送客""放客"之"客"字参看，言在此而意在彼也。"又"字、"还"字最幻，盖其人之去，已两清明矣。所谓"顿隔年华"，"青梅已老"，比"怨红凄调"，其情盖悲，却是眼前景物。"往事""年华"是一篇之眼。

《柯亭词评》云：此词宜与后《风入松》一词参看，皆为清明思去姬作。而此词之作在后，故词情之凄艳，大同小异。特彼词之清明为风雨之清明，此词之清明为"禁烟残照"之清明耳。彼词写柳曰"门前绿暗"，此词写柳曰"稚柳阑干"。彼词写莺曰"交加晓梦啼莺"，此词写莺曰"过半春犹自，燕沉莺悄"。是景物不同处。然此词之"曲榭方亭"，即彼词西园日扫之"林亭"。此词之"印藓迹双鸳"，即彼词惆怅不到之"双鸳"。盖彼时姬去未久，犹望其去而复还，故但云惆怅不到，此时则已成绝望，故云但有印迹可记而已。日"客又去、清明还到"，可见去后不止历过一清明。几于每逢此节必思，故日"顿隔年华""青梅已老"也。

贺新郎·陪履斋先生沧浪看梅 [一]

乔木生云气。访中兴、英雄陈迹，暗追前事。战舰东风悭借便，梦断神州故里。旋小筑、吴宫闲地。华表月明归夜鹤，叹当时、花竹今如此。枝上露，溅清泪。　　遨头小簇行春队。步苍苔、寻幽别墅 [二]，问梅开未。重唱梅边新度曲，催发寒梢冻蕊。此心与、东君同意。后不如今今非昔，两无言、相对沧浪水。怀此恨，寄残醉。

【校记】

[一] 贺新郎　《全宋词》作《金缕歌》。

[二] 墅　《全宋词》作"坞"。

【集评】

陈亦峰日：梦窗《金缕曲》云"华表月明归夜鹤，问当时花竹今如此。枝上露，溅清泪"，后叠云"此心与、东君同意。后不如今今非昔。两无言、相对沧浪水。怀此恨，寄残醉"，感慨身世，激烈语偏说得温婉，境地最高。

海绡翁日："要心与、东君同意"，能将履斋忠款道出。是时边事日亟，将无韩、岳，国脉微弱，又非昔时。履斋意主和守，而屡疏不省，卒致败亡。则所谓"后不如今今非昔，两无言、相对沧浪水。怀此恨，寄残醉"也。言外寄慨，学者须理会此旨。

前阕沧浪起，看梅结。后阕看梅起，沧浪结。章法一丝不走。

《柯亭词评》云：沧浪亭旧址，本吴越钱元臻池馆，废为僧寺，寺又废。苏子美得之，建沧浪亭于邱上，后为韩蕲王别墅，故词中云云。此词为伤时之作，故激昂慷慨，与他作之缠绵悱恻者不同，在吴词中为别格。首段自"乔木"句至"花竹今如此"，全是吊古，落到沧浪亭。"如此"二字，无限感慨。"枝上"二句，承"如此"来，恰作歇拍。后段"遨头"句，写履斋游步。"苍苔"二句，写看梅。"重唱"二句，梦窗自叙陪游。"此心"句，东君指履斋，其时梦窗与履斋同为吴客也。"后不如今"二句中，藏多少感慨。其时国事日非，英雄无用武之地，惟有付之一醉，故后结二句云云。盖游必有宴，宴必有酒，正好借醉作收场。

水龙吟·东山泉 [一]

　　艳阳不到青山，淡烟冷翠成秋苑 [二]。吴娃点黛，江妃拥髻，空蒙遮断。树密藏溪，草深迷市，峭云一片。二十年旧梦，轻鸥素约，霜丝乱、朱颜变。　　龙吻春霏玉溅。煮银瓶、羊肠车转。临泉照影，清寒沁骨，客尘都浣。鸿渐重来，夜深华表，露零鹤怨。把闲愁换与，楼前晚色，棹沧波远。

【校记】

　　[一]《全宋词》题作"惠山酌泉"。

　　[二]淡烟　《全宋词》作"古阴"。

【集评】

许蒿庐曰：一起便如画。"树密"三句，从山说到泉。"二十年"三句，自慨。"夜深"二句，怀古。"把闲愁"三句，去路。

《柯亭词评》云：惠山有唐陆羽品茶古迹。梦窗游惠山时，天必重阴，故全词都写阴景。起句高唱而入，上句因，下句果，已笼罩全阕。"吴娃"六排句，上三句写外山之阴，下三句写本山之阴。"二十年"四句，从昔游上寄慨。后段"龙吻"二句，言抱泉煮茶。"临泉"三句，言茶床近池，故可"照影"。"鸿渐"三句，切酌泉。"重来"二字，应上"二十年"数句。后结"闲愁""沧波"等字，有低徊不尽之致。用"换与"意便深，与寻常纪游有别。

莺啼序·春晚感怀 [一]

残寒正欺病酒，掩沉香绣户。燕来晚、飞入西城，似说春事迟暮。画船载、清明过却，晴烟冉冉吴宫树。念羁情游荡，随风化为轻絮。　　十载西湖，傍柳系马，趁娇尘软雾。溯红渐、招入仙溪，锦儿偷寄幽素。倚银屏、春宽梦窄，断红湿、歌纨金缕。暝堤空，轻把斜阳，总还鸥鹭。　　幽兰旋老，杜若还生，水乡尚寄旅。别后访、六桥无信，事往花委，瘗玉埋香，几番风雨。长波妒盼，遥山羞黛，渔灯分影春江宿，记当时、短楫桃根渡。青楼仿佛，临分败壁题诗，泪墨惨淡尘土。　　危亭望极，草色天涯，叹鬓侵半苎。暗点检、离痕欢唾，尚染鲛绡，亸凤迷归，破鸾慵舞。殷勤待写，书中长恨，蓝霞辽海沉过雁，漫相思、弹入哀筝柱。伤心千里江南，怨曲重招，断魂在否。

【校记】

[一]《全宋词》于词牌后未标词题。

【集评】

海绡翁曰：第一段伤春起，却藏过伤别，留作第三段点睛。燕子画船，含无限情事，清明吴宫，是其最难忘处。第二段"十载西湖"，提起。而以第三段"水乡尚寄旅"作钩勒。"记当时、短楫桃根渡"，"记"字逆出，将第二段情事，尽销纳此一句中。"临分""泪墨"，"十载西湖"，乃如此了矣。"临分"于"别后"为侧应，"别后"于"临分"为逆提。"渔灯分影"于"水乡"为复笔，作两番钩勒，笔力最浑厚。"危亭望极，草色天涯"遥接"长波妒盼，遥山羞黛"，"望"字远情，"叹"字近况，全篇神理，只消此二字。"欢唾"是第二段之欢会，"离痕"是第三段之临分。"伤心千里江南，怨曲重招，断魂在否"，应起段"游荡随风，化为轻絮"作结。通体离合变幻，一片凄迷。细绎之，正字字有脉络，然得其门者寡矣。

陈倦鹤曰：二段以下，融情入景。"游荡随风化为轻絮"之意致发挥靡遗，则由展开局面，以大开大阖之笔，淋漓尽致以写之，意无余剩，词无不达，在此种最长之调，为惟一法门耳。如三四两段，句多韵少者，尤非如此不可。特意须极多，否则非竭即复；气须极盛，否则非断即率耳。

《柯亭词评》云：此调多至四遍，长至二百四十字，不讲结构，必病散漫。梦窗此作以"离恨欢唾，尚染鲛绡"二句为一篇关键，而以"西湖"为一篇线索。"画船载、清明过却"是目前之西湖，只有羁情可念。"傍柳系马，趁娇尘软雾"是昔游之西湖，此段全写欢聚。"访六桥无信，事往花委"是重来之西湖，此段全写惨离，而于最后段以"离痕欢唾，尚染鲛绡"八字作一总束。后段"伤心千里江南"回顾首段"晴烟冉冉吴宫树"句，章法谨严之至。又此调第三遍、第四遍，于数联四字排句后，接以七字八字句，作者若以死句填实，纵令如何典丽，非板重即拖沓。梦窗此作独灵气往来，运以大开大阖之笔，音节态度绝类柳词《夜半乐》。人但知清真词多自屯田脱化而出，不知梦窗此阕，其用笔亦出自屯田也。

风入松

听风听雨过清明。愁草瘗花铭。楼前绿暗分携路，一丝柳、一寸柔情。料峭春寒中酒，交加晓梦啼莺。　　西园日日扫林亭。依旧赏新晴。黄蜂频扑秋千索，有当时、纤手香凝。惆怅双鸳不到，幽阶一夜苔生。

【集评】

许蒿庐曰："愁草瘗花铭"，琢句险丽。末二句则渐近自然矣。结句亦从古诗"全由履迹少，并欲上阶生"化出，古诗又有"春苔封履迹"之句。

谭复堂曰：此是梦窗经意词，有五季遗响。"黄蜂"二句，是痴语，是深语。结处见温厚。

海绡翁曰：思去妾也。此意集中屡见。《渡江云》题曰"西湖清明"，是邂逅之始，此则别后第一个清明也。"楼前绿暗分携路"，此时觉翁当仍寓西湖。风雨新晴，非一日间事，除了风雨，即是新晴，盖云我只如此度日。"扫林亭"，犹望其还，赏则无聊消遣。

见秋千而思纤手，因蜂扑而念香凝，纯是痴望神理。"双鸳不到"，犹望其到，"一夜苔深"，踪迹全无，则惟日日惆怅而已。当味其词意酝酿处，不徒声容之美。

陈倦鹤曰：情景交融之作，为词中上乘。至其命意所在，则为赋？为比？为兴？不能执一以求之。

踏莎行

润玉笼绡，檀樱倚扇。绣圈犹带脂香浅。榴心空叠舞裙红，艾枝应压愁鬟乱。　　午梦千山，窗阴一箭。香瘢新褪红丝腕。隔江人在雨声中，晚风菰叶生秋怨。

【集评】

王观堂曰：周介存谓梦窗词之佳者，如"水光云彩，摇荡绿波，抚玩无极，追寻已远"，余览《梦窗甲乙丙丁稿》中实无足当此者。有之，其"隔江人在雨声中，晚风菰叶生秋怨"二语乎？

海绡翁曰：读上阕，几疑真见其人矣。换头点睛，却只一梦。惟有"雨声""菰叶"，伴人凄凉耳。"生秋怨"则时节风物，一切皆空。

浣溪沙

门隔花深梦旧游。夕阳无语燕归愁。玉纤香动小帘钩。　　落絮无声春堕泪，行云有影月含羞。东风临夜冷于秋。

海绡翁曰:"梦"字点出所见,惟"夕阳燕"。"玉纤香动",
则可闻而不可见矣。是真是幻,传神阿堵,门隔花深故也。"春堕泪"
为怀人,"月含羞"因隔面,义兼比兴。"东风临夜",回睇夕阳,
俯仰之间,已为陈迹,即一梦亦有变迁矣。"秋"字不是虚拟,
有事实在,即起句之梦游也。秋去春来,又换一番世界,一"冷"
字可思。此篇全从张子澄"别梦依依到谢家"一诗化出,须看其
游思缥缈,缠绵往复处。

浣溪沙

波面铜花冷不收。玉人垂钓理纤钩。月明池阁夜
来秋。　　江燕话归成晓别,水花红减似春休。西风
梧井叶先愁。

【集评】

海绡翁曰:"玉人垂钓理纤钩"是下句倒影,非谓真有一玉人
垂钓也。"纤钩"是月,"玉人"言风景之佳耳。"月明池阁",下
句醒出。甲稿《解蹀躞》"可怜残照西风,半妆楼上","半妆"
亦谓"残照"。西子西湖,比兴常例,浅人不察,则谓觉翁晦耳。

《柯亭词评》云:《浣溪沙》结句,贵情余言外,含蓄不尽。
两词后结如"东风临夜冷于秋""西风梧井叶先愁",韵味悠然,
耐人寻玩。张玉田谓令曲"末句最当留意,有有余不尽之意始佳",
吴梦窗亦有妙处,殆此类欤?

蒋捷

字胜欲，阳羡人。德祐进士。自号竹山。遁迹不仕。有《竹山词》。

贺新郎

　　梦冷黄金屋。叹秦筝、斜鸿阵里，素弦尘扑。化作娇莺飞归去，犹认纱窗旧绿。正过雨、荆桃如菽。此恨难平君知否，似琼台、涌起弹棋局。消瘦影，嫌明烛。　　鸳楼碎泻东西玉。问芳踪[一]、何时用展[二]，翠钗难卜。待把宫眉横云样，描上生绡画幅。怕不是、新来妆束。彩扇红牙今都在，恨无人、解听开元曲。空掩袖，倚寒竹。

【校记】

　　[一]踪　《全宋词》作"惊"。
　　[二]用　《全宋词》作"再"。

【集评】

　　谭复堂曰：瑰丽处鲜妍自在。然词藻太密。
　　陈亦峰曰：似此亦磊落可喜。竹山集中，便算最高之作。乃秀水必谓其效法白石，何异痴人说梦耶。

虞美人[一]

　　丝丝杨柳丝丝雨。春在冥蒙处[二]。楼儿忒小不藏愁。几度和云飞去、觅归舟。　　天怜客子乡关远。借与花消遣。海棠红近绿阑干。才卷珠帘却又、晚风寒。

陈允平

字君衡，一字衡仲，四明人。著有《西麓诗稿》一卷，《继周集》一卷，《日湖渔唱》二卷。

八宝妆 [一] 即新雁过妆楼。

望远秋平。初过雨、微茫水满烟汀。乱潢疏柳，犹带数点残萤。待月重楼谁共倚 [二]，信鸿断续两三声。夜如何，顿凉骤觉，纨扇无情。　　还思骖鸾素约，念凤箫雁瑟，取次尘生。旧日潘郎，双鬓半已星星。琴心锦意暗懒，又争奈、西风吹恨醒。屏山冷，怕梦魂、飞度蓝桥不成。

【校记】

[一]《全宋词》于词牌后标词题"秋宵有感"。

[二] 楼　《全宋词》作"帘"。

【集评】

周介存曰：西麓和平婉丽，最合世好。但无健举之笔，沉挚之思，学之必使生气沮丧，故为后人拈出。

陈亦峰曰："望远秋平"，起四字便耐人思，却似《日湖渔唱》词境，用作西麓全集赞语，亦无不可。又曰："琴心锦意暗懒，又争奈、西风吹恨醒"，其有感于为制置司参议官时乎？然不肯仕元之意，已次于此矣。正不必作激烈语。

绮罗香·秋雨

雁宇苍寒，蛩疏翠冷，又是凄凉时候。小揭珠帘，衣润唾花罗皱。饶晓鹭、独立衰荷，溯归燕、尚栖残柳。想黄花，羞涩东篱，断无新句到重九。　　孤檠清梦易觉，肠断唐宫旧曲，声迷宫柳[一]。滴入愁心，秋似玉楼人瘦。烟槛外、催落梧桐，带西风、乱捎鸳甃。记画檐，灯影沉沉，共裁春夜韭。

【校记】

[一] 柳 《全宋词》作"漏"。

【集评】

许蒿庐曰：以此接武梅溪，亦如骖之有靳。

陈亦峰曰："滴入愁心，秋似玉楼人瘦。烟槛外、催落梧桐，带西风、乱捎鸳甃"，字字锤炼，却极和雅。

周密

字公谨，号草窗，济南人。流寓吴兴，居弁山，自号弁阳啸翁。又号萧斋，又号四水潜夫。淳祐中，为义乌令。有《蜡屐集》，《草窗词》二卷，《词综》以为《草窗词》一名《蘋洲渔笛谱》。

玉京秋 [一]

烟水阔。高林弄残照，晚蜩凄切。碧砧度韵，银床飘叶。衣湿桐阴露冷，采凉花、时赋秋雪。难轻别。一襟幽事，砌蛩能说。　　客思吟商还怯。怨歌长、琼壶暗缺。翠扇恩疏，红衣香褪，翻成消歇。玉骨西风，恨最恨、闲却新凉时节。楚箫咽。谁倚西楼淡月。

【校记】

[一]《全宋词》序曰："长安独客，又见西风，素月丹枫，凄然其为秋也，因调夹钟羽一解。"又校云："调名三字原本缺，朱祖谋补。"

【集评】

谭复堂曰：南渡词境高处，往往出于清真。"玉骨"二句，何必非髀肉之叹。

《柯亭词评》云："碧砧度韵，银床飘叶"以上，纯写新凉时候景物。"衣湿桐阴露冷"句，始融景入情。"难轻别"句点题，"吟商"句承上。"翠扇恩疏，红衣香褪"正写别怨，亦即"砌蛩能说"之幽事也。"玉骨西风"应上"衣湿桐阴露冷"句。清词丽藻，竟体生妍。后结二句，更有悠然不尽之致。

一萼红·登蓬莱阁有感

步深幽。正云黄天淡,雪意未全休。槛曲寒沙[一],茂林烟草,俯仰今古悠悠[二]。岁华晚、漂零渐远,谁念我、同载五湖舟。磴古松斜,厓阴苔老,一片清愁。　　回首天涯归梦,几魂飞西浦,泪洒东州。故国山川,故园心眼,还似王粲登楼。最负他[三]、秦鬟妆镜,好江山、何事此时游。为唤狂吟老监,共赋销忧。阁在绍兴,西浦、东州皆其地。

【校记】

[一]槛 《全宋词》作"鉴"。

[二]今 《全宋词》作"千"。

[三]负 《全宋词》作"怜"。

【集评】

陈亦峰曰:苍茫感慨,情见乎词,当为《草窗集》中压卷。虽使美成、白石为之,亦无以过。惜不多觏耳。

《柯亭词评》云:"步深幽"下二句,点出时令。"槛曲寒沙,茂林烟草"是远瞩,"磴古松斜,厓阴苔老"是近瞰。盖因登楼纵目,乃起苍茫之慨也。后段"回首天涯归梦"句,从"飘零渐远"句生出。"魂飞南浦,泪洒西洲"是羁旅闲愁,"故国山川,故园心眼"是家国隐恨。"王粲登楼"陪衬"登阁"。"最负他、秦鬟妆镜"应"魂飞"二句,"好江山、何事此时游"应"故国"二句。感慨深矣。

献仙音·吊雪香亭梅

松雪飘寒，岭云吹冻，红破数椒春浅。衬舞台荒，浣妆池冷[一]，凄凉市朝轻换。叹花与人凋谢，依依岁华晚。　　共凄黯。问东风、几番吹梦，应惯识当年，翠屏金辇。一片古今愁，但废绿、平烟空远。无语消魂，对斜阳、衰草泪满。又西泠残笛，低送数声春怨。

【校记】

[一] 浣　《全宋词》作"浣"。

【集评】

陈亦峰曰："一片古今愁，但废绿、平烟空远。无语消魂。对斜阳、衰草泪满。又西泠残笛，低送数声春怨"，即杜诗"回首可怜歌舞地"之意。以词发之，更觉凄惋。

《柯亭词评》云：题为"吊雪香亭梅"，非吊梅花，伤故国耳。起二句，点时令。"红破数椒春浅"指花，"衬舞台荒，浣妆池冷"指人。"凄凉市朝轻换"，亡国之恨已明明点出矣。"问东风"应"惯识"，二句中有许多人在。"废绿平烟空远""斜阳衰草泪满""残笛数声春怨"，目之所接，耳之所触，无一而非悲惨。亡国之音哀以思，身历其境，殆有发于不自觉者。

少年游·宫词[一]

帘消宝篆卷香罗[二]。蜂蝶扑飞梭。一样春风[三]，燕梁莺户[四]，那处得春多[五]。　　晓妆日日随香辇，多在牡丹坡。花深深处，柳阴阴处，一片笙歌。

【校记】

[一]《全宋词》题作"宫词拟梅溪"。

[二]香 《全宋词》作"宫"。

[三]春 《全宋词》作"东"。

[四]户 《全宋词》作"院"。

[五]得 《全宋词》无此字。

【集评】

况夔笙曰："一样"三句，即"梨花雪，桃花雨，毕竟春谁主"之意。俱从义山"莺啼花又笑，毕竟是谁春"脱胎而来。

《柯亭词评》云：前半就物写，后半就人写。均系盛时光景，而以反振之笔出之，言外意自见。

王沂孙

字圣与，号碧山，又号中仙，会稽人。有《碧山乐府》二卷，又名《花外集》。延祐《四明志》云，至元中，王沂孙庆元路学正。

眉妩·新月

渐新痕悬柳，淡彩穿花，依约破初暝。便有团圆意，深深拜，相逢谁在香径。画眉未稳，料素娥、犹带离恨。最堪爱、一曲银钩小，宝奁挂秋冷[一]。　　千古盈亏休问。叹谩磨玉斧[二]，难补金镜。太液池犹在，凄凉处、何人重赋清景。故山夜永。试待他、窥户端正。看云外山河，还老尽、桂花旧影[三]。

【校记】

[一]奁 《全宋词》作"帘"。

[二]谩 《全宋词》作"慢"。

[三]旧 《全宋词》无此字。

【集评】

张皋文曰：碧山咏物诸篇，并有君国之忧。此喜君有恢复之志，而惜无贤臣也。

谭复堂曰：圣与精能，以婉约出之。律以诗派，大历诸家，去开宝未远。玉田正是劲敌，但士气则碧山胜矣。"便有"三句，写意自深，音辞高亮，欧、晏如兰亭真本，此仅一翻。

《柯亭词评》云：借新月写已缺之山河，有十分悼惜之意。"便有团圆意"，希望其缺而复圆也。"叹谩磨玉斧，难补金镜"，叹其既缺，已无复圆之望也。"试待他、窥户端正"，仍作万有一然之想，望其由缺而圆。"看云外山河，还老桂花旧影"，意谓云外之山河虽重圆，而人间之山河则永缺矣。"太液"二句，用太祖宴宰执赏新月，卢多逊诗有"太液池边看月时"，故事今与昔比，不堪回首。"新痕""淡彩"，均写新月依约未稳。"难补""试待"，均在"新"字上盘旋，与朱希真赋早梅手法同。须看他字法，而此更有意义。

齐天乐·蝉

一襟余恨宫魂断，年年翠阴庭树。乍咽凉柯，还移暗叶，重把离愁深诉。西窗过雨。怪瑶佩流空，玉筝调柱。镜暗妆残，为谁娇鬓尚如许。　　铜仙铅泪似洗，叹移盘去远[一]，难贮零露。病翼惊秋，枯形阅世，销得斜阳几度[二]。余音更苦。甚独抱清商[三]，顿成凄楚。谩想熏风，柳丝千万缕。

【校记】

[一] 移　《全宋词》作"携"。

[二] 销　《全宋词》作"消"。

[三] 商　《全宋词》作"高"。

【集评】

周介存曰：此家国之恨。

谭复堂曰：此是学唐人句法章法。"庾郎独自吟愁赋"，逊其蔚跋。"西窗"句亦排宕法。"铜仙"句极力排荡。"病翼"三句，玩其弦指收里处，有变徵之音。"谩想"二句，掉尾，不肯直泻，然未自在。

陈亦峰曰：起句"一襟余恨宫魂断"，前结"镜暗妆残，为谁娇鬓尚如许"，当指王昭仪改装女冠事。后叠云"铜仙铅泪似洗，叹移盘去远，难贮寒露。病翼惊秋，枯形阅世，消得斜阳几度。余音更苦。甚独抱清商，顿成凄楚"，字字凄断，却浑雅不激烈。"余音"数语，或有感于《太液芙蓉》一阕乎？

端木埰曰：详味词意，殆亦黍离之感。"宫魂"点出命意，"乍咽""还移"，慨播迁也。"西窗"三句，伤敌骑暂退，燕安如故。"镜暗"二句，残破满眼，而修容饰貌，侧媚依然。衰世之臣，全无心肝，千古一辙也。"铜仙"三句，宗器重宝，均被迁夺。"病翼"三句，更是痛哭流涕，大声疾呼，言海岛迁流，不能久也。"余音"三句，遗臣孤愤，哀怨难论也。"谩想"三句，责诸臣到此，尚安危利灾，视若全盛也。（按：此条评论出自张惠言《词选》，字句略有异同。）

齐天乐·赠秋崖道人西归

冷烟残水山阴道，家家拥门黄叶。故里鱼肥，初寒雁落，孤艇将归时节。江南恨切。问还与何人，共歌新阕。换尽秋芳，想渠西子更愁绝。　　当时无限旧事，叹繁华似梦，如今休说。短褐临流，幽怀倚石，山色重逢都别。江云冻结。算只有梅花，尚堪攀折。寄取相思，一枝和夜雪。

【集评】

陈亦峰曰："冷烟残水山阴道，家家拥门黄叶"，一起令人魂销。又云"换尽秋芳，想渠西子更愁绝"，亦不堪多诵。后叠云"短褐临流，幽怀倚石，山色重逢都别"，黍离麦秀之悲。"山色"六字，凄绝警绝，觉"国破山河在"，犹浅语也。下云"江云冻结。算只有梅花，尚堪攀折"，此亦必有所指。骨韵高绝，玉田感伤处亦自雅正，总不及碧山之厚。

《柯亭词评》云：此词疑宋亡以后作。"冷烟残水山阴道""想渠西子更愁绝""山色重逢都别"，似均指宋亡后残破之临安，言已无家可归，归亦非复旧时景象也。"江南恨切"，已无人共歌。"江云冻结"，虽有梅堪折，而繁华似梦。无限旧事，只有付之一叹而已，凄咽那忍卒读。

高阳台 [一]

残雪庭除 [二]，轻寒帘影，霏霏玉管春葭。小帖金泥，不知春在谁家。相思一夜窗前梦，奈个人、水隔天遮。但凄然，满树幽香，满地横斜。　　江南自是离愁苦，况游骢古道，归雁平沙。怎得银笺，殷勤与说年华。如今处处生芳草，纵凭高、不见天涯。更消他，几度东风，几度飞花。

【校记】

[一]《全宋词》于词牌后标词题"和周草窗寄越中诸友韵"。

[二]除　《全宋词》作"阴"。

【集评】

谭复堂曰："相思"句点逗"清醒"。换头又是一层钩勒。《诗品》

云"返虚入浑","如今"二句是也。

王湘绮曰：此等伤心语，词家各自出新，实则一意，比较自知文法。

《柯亭词评》云：此词疑亦宋亡以后作。起三句点时令。"小帖"二句，言金泥依然小帖，而春已不知是谁家之春矣。"相思"二句，所梦"个人"疑非寻常之个人。"但凄然"三句，言梅花虽依旧，自我观之，但觉凄恻动人。换头"江南自是离愁苦，况游骢古道，归雁平沙"，更进一层说。疑前段所谓"水隔天遮"之个人，是指宋亡后为元人俘虏北去之君后。若是寻常离愁苦，言之不至如此沉痛。"怎得"以下数句，言年华老大，去日苦多。"芳草""天涯""凭高""不见"，与前"水隔天遮"句相应。"更消他"三句，见得春来固凄然，春去益惆怅。总之，亡国之恨无穷而已。

琐窗寒·春思

趁酒梨花，催诗柳絮，一窗春怨。疏疏过雨，洗尽满阶芳片。数东风、二十四番，几番误了西园宴。认小帘朱户，不如飞去，旧巢双燕。　　曾见。双蛾浅。自别后，多应黛痕不展。扑蝶花阴，怕看题诗团扇。试凭他、流水寄情，溯红不到春更远。但无聊、病酒恹恹[一]，夜月荼䕷院。

【校记】

[一] 恹恹　《全宋词》作"厌厌"。

【集评】

谭复堂曰："数东风"二句，幽咽如诉。换头见章法。"试凭他"二句，宕逸得未曾有，碧山胜处独擅。

张炎

字叔夏，号玉田，又号乐笑翁，循王六世孙。本西秦人，家临安。
生于淳祐间。宋亡，落魄纵游。有《山中白云词》。

高阳台·西湖春感

接叶巢莺，平波卷絮，断桥斜日归船。能几番游，
看花又是明年。东风且伴蔷薇住，到蔷薇、春已堪怜。
更凄然。万绿西泠，一抹荒烟。　　当年燕子知何处，
但苔深韦曲，草暗斜川。见说新愁，如今也到鸥边。
无心再续笙歌梦，掩重门、浅醉闲眠。莫开帘。怕见
飞花，怕听啼鹃。

【集评】

谭复堂曰："能几番"二句，运掉虚浑。"东风"二句，是措注，
惟玉田能之，他家所无。换头见章法。玉田云"最是过变不可断
了曲意"是也。

刘融斋曰：评玉田词者，谓当与白石老仙相鼓吹。玉田作《琐
窗寒》悼王碧山，序谓碧山其词闲雅，有姜白石意度。今观张、
王两家情韵，极为相近。如玉田《高阳台》之"接叶巢莺"，与
碧山《高阳台》之"残萼梅酸"，尤同鼻息。

陈亦峰曰："西湖春感"一章，凄凉幽怨，郁之至，厚之至，
与碧山如出一手，乐笑翁集中亦不多觏。

麦孺博曰：亡国之音哀以思。

《柯亭词评》云：题为"西湖春感"，实写宋亡后之临安。曰"万
绿西泠，一抹荒烟"，曰"苔深韦曲，草暗斜川"，无一而非黍离

麦秀之感。"能几番游，看花又是明年"，是写春光之易去，无心再续笙歌。"掩重门、浅醉闲眠"，是写春游之索然兴尽，故蔷薇、燕子、闲鸥、飞花、啼鹃，在在皆足以引起哀思。以玉田之家世，故写来十分沉痛，而行文却极流畅之能事，此是玉田家法。

甘州

辛卯岁，沈尧道同予北归[一]，各处杭越。逾岁，尧道来慰寂寞[二]，语笑数日，又复别去。赋此曲，并寄赵学舟。

记玉关踏雪事清游。寒气敝貂裘[三]。傍枯林古道，长河饮马，此意悠悠。短梦依然江表，老泪洒西州。一字无题处，落叶都愁。　　载取白云归去，问谁留楚佩，弄影中州。折芦花赠远，零落一身秋。向寻常野桥流水，待招来、不是旧沙鸥。空怀感，有斜阳处，最怕登楼[四]。

【校记】

[一]予　《全宋词》作"余"。

[二]慰　《全宋词》作"问"。

[三]敝　《全宋词》作"脆"。

[四]最　《全宋词》作"却"。

【集评】

谭复堂曰：一气旋折。作壮词，须识此法。白石嚶求稼轩，脱胎耆卿，此中消息，愿与知音人参之。"一字无题处"二句恢诡。结有不着屠沽之妙。

陈倦鹤曰：通篇一气直下，不使一提笔、转笔、衬笔，尤见力量。清真之《夜飞鹊》，实此词之所自出。

《柯亭词评》云：此词亦宋亡以后作。"记玉关"五句，自叙过去与尧道同时北游，以写经入上都旧事。"此意悠悠"者，言亡国之人虽多感触，有口不能言之痛苦也。"短梦"四句，言回南后，仍对剩水残山，惟有一洒老泪。虽有题叶之诗思，安能形诸吟咏，仍抱此悠悠之意而已。换头三句，写尧道来聚，复又别去。"谁留""弄影"，言其无所成就，空载取山中白云，归去而已。"折芦花"二句，言人与芦同此飘零。赠远不折柳而折芦，何等萧瑟。"向寻常"二句，言野桥流水依旧，而无旧侣之沙鸥可招，见得河山变易，友朋寥落处，此畸零身世，徒有感喟耳。后结三句，言对斜阳，最怕凭高。悠悠此恨，竟成终古。

木兰花慢

舟中有怀澄江陆起潜，皆山楼昔游。

水痕吹杏雨，正人在、隔江船。看燕集春芜，鱼栖暗竹^[一]，湿影浮烟。余寒尚犹恋柳，怕东风、未肯擘晴绵。愁重迟教醉醒，梦长催得诗圆。　　楼前。笑语忆当年^[二]。情款密、思留连。记白月依弦，青天堕酒，衮衮山川。垂髫至今在否，倚飞台、谁掷买花钱。不是寻春较晚，都缘听得啼鹃。

[一]鱼 《全宋词》作"渔"。

[二]忆 《全宋词》无此字。

【集评】

许蒿庐曰:前段写舟中情景,换头以下,方说昔游。

《柯亭词评》云:前半写深春舟中愁梦,后半写昔游种种欢乐,结收到"寻春较晚"。章法简净,极便初学。

疏影·梅影

黄昏片月。似满地碎阴[一],还更清绝。枝北枝南,疑有疑无,几度背灯难折。依稀倩女离魂处,缓步出、前村时节。看夜深、竹外横斜,应妒过云明灭。 窥镜蛾眉淡扫。为容不在貌,独抱孤洁。莫是花光,描取春痕,不怕丽谯吹彻。还惊海上然犀去,照水底、珊瑚疑活[二]。做弄得、酒醒天寒,空对一庭香雪。

【校记】

[一]满地碎阴 《全宋词》作"碎阴满地"。

[二]疑 《全宋词》作"如"。

【集评】

许蒿庐曰:人巧极而天工错,草窗亦应退三舍避之。又曰:"黄昏片月"四字,标出眼目。"窥镜"八句,三层模写,赋而比也。

《柯亭词评》云:竟体均在"影"字上盘旋,处处扣定"梅"

字，此咏物题作法。一起"黄昏片月"四字，已控制题要，盖"影"之所由来也。前半平铺直叙，后半"莫是""还惊"，换作推敲语，观此可悟用笔之法。

琐窗寒·悼王碧山 [一]

断碧分山，空帘剩月，故人天外。香留酒殢。蝴蝶一生花里。想如今、醉魂未醒，夜台梦语秋声碎。自中仙去后，词笺赋笔，便无清致。　　都是。凄凉意。怅玉笥埋云，锦衣归水。形容憔悴。料应也、孤吟山鬼。那知人、弹折素弦，黄金铸出相思泪。但柳枝、门掩枯阴，候蛩愁暗苇。

【校记】

[一]《全宋词》于词牌后未标词题。序曰："王碧山又号中仙，越人也。能文工词，琢语峭拔，有白石意度，今绝响矣。余悼之玉笥山，所谓长歌之哀，过于痛哭。"

【集评】

《宋名家词评》云：此词推碧山至矣，然如此情致，不更胜碧山耶。

《柯亭词评》云：起三句，言碧山之死。"香留"四句，言碧山生死醉中。"自中仙"三句，言碧山词赋无双。换头"都是。凄凉意"，将前段总束一笔。"怅玉笥"以下四句，推想碧山死后。"那知"二句，点出自己追悼本怀。后结二句，就眼前景物写不尽之哀思。"候蛩愁暗苇"与前"秋声碎句"绾合。前后意相应，此又其一例。

清平乐

候蛩凄断。人语西风岸。月落沙平江似练。望尽芦花无雁。　　暗教愁损兰成，可怜夜夜关情。只有一枝梧叶，不知多少秋声。

【集评】

许蒿庐曰：淡语能腴，常语有致，惟玉田为然。

翁孟寅

字五峰，钱塘人。

烛影摇红

楼倚春城，琐窗曾共巢双燕[一]。人生好梦逐春风[二]，不似杨花健。旧事如天渐远。奈情丝[三]、牵愁未断[四]。镜尘埋恨，带粉栖香，曲屏寒浅。　　环佩空归，故园羞见桃花面。轻烟浅照下阑干[五]，独自疏帘卷。一信狂风又晚。海棠花、随风满院。乱鸦啼后[六]，杜宇来时[七]，一声声怨。

【校记】

[一] 琐　《全宋词》作"锁"。双　《全宋词》作"春"。

[二] 逐　《全宋词》作"比"。

[三] 丝　《全宋词》作"缘"。

[四] 牵愁　《全宋词》作"素丝"。

[五] 浅　《全宋词》作"残"。

[六] 啼　《全宋词》作"归"。

[七] 来　《全宋词》作"啼"。

【集评】

王湘绮曰："健"字险妙。无限伤心，却不作态。

黄孝迈

号雪舟。

湘春夜月

　　近清明。翠禽枝上消魂。可惜一片清歌，都付与黄昏。欲共柳花低诉，怕柳花轻薄，不解伤春。念楚乡旅宿，柔情别绪，谁与温存。　　空樽夜泣，青山不语，残月当门。翠玉楼前，惟是有、一波湘水，摇荡湘云。天长梦短，问甚时、重见桃根。这次第，算人间没个并刀，剪断心上愁痕。

【集评】

　　麦孺博曰：时事日非，无可与语，感喟遥深。

　　俞小甫曰：前半空际盘旋，摇曳出之。将"翠禽""柳花"一齐请出作陪，何等旖旎。后半一波三折，惝恍迷离。

唐珏

字玉潜，号菊山，越州人。

水龙吟·白莲 [一]

　　淡妆人更婵娟，晚奁净洗铅华腻。泠泠月色，萧萧风度，娇红欲避 [二]。太液池空，霓裳舞倦，不堪重记。叹冰魂犹在，翠舆难驻，玉簪为谁轻坠。　　别有凌空一叶，泛清寒、素波千里。珠房泪湿，明珰恨远，旧游梦里。羽扇生秋，琼楼不夜，尚遗仙意。奈香云易散，绡衣半脱，露凉如水。

【校记】

[一]《全宋词》题作"浮翠山房拟赋白莲"。

[二] 欲 《全宋词》作"敛"。

【集评】

　　谭复堂曰：汐社诸篇，当以江淹《杂诗》法读之，更上则郭璞《游仙》，陶潜《读山海经》。字字映丽，字字玲珑。学者取月，于此梯云。"太液"三句是开，"珠房"三句是合换头推阐之，以尽能事。结三句，一唱三叹，有遗音者矣。

文天祥

字宋瑞，一字履善，吉安人。宝祐四年进士。德祐初，官至右丞相兼枢密使，后以都督，出江西，兵败，被元兵所执，不屈，死。有《指南吟啸》等集。

大江东去·驿中言别友人[一]

水天空阔，恨东风不借、世间英物。蜀鸟吴花残照里，忍见荒城颓壁。铜雀春情，金人秋泪，此恨凭谁雪。堂堂剑气，斗牛空认奇杰。　　那信江海余生，南行万里，送扁舟齐发[二]。正为鸥盟留醉眼，细看涛生云灭。睨柱吞嬴，回旗走懿，千古冲冠发。伴人无寐，秦淮应是孤月。

【校记】

[一] 大江东去　《全宋词》作《酹江月》。

[二] 送　《全宋词》作"属"。

【集评】

陈卧子曰：气冲斗牛，无一毫委靡之色。

刘融斋曰：文文山词有"风雨如晦，鸡鸣不已"之意，不知者以为变声，其实乃变之正也。故词当合其人之境地以观之。

邓剡

字光荐，号中斋，庐陵人。祥兴时历官礼部侍郎，丞相文信公客也。有《中斋集》。

南楼令 [一]

雨过水明霞。潮回岸带沙。叶声寒、飞透窗纱。懊恨西风催世换 [二]，更随我 [三]、落天涯。　　寂寞古豪华。乌衣日又斜。说兴亡、燕入谁家。只有南来无数雁 [四]，和明月、宿芦花。

【校记】

[一] 南楼令　《全宋词》作《唐多令》。

[二] 懊　《全宋词》作"堪"。催　《全宋词》作"吹"。

[三] 随　《全宋词》作"吹"。

[四] 只　《全宋词》作"惟"。

【集评】

王湘绮曰：亡国不死，仍有羁愁，一语写尽黄梨洲、王船山一辈人。

跋

　　右《唐宋名家词选》三卷，为予主河大词学讲席时选本，所以诏示诸学子者也。中经事变，其稿幸存。然久扃箧中，已无心问世矣。岁戊子，拙集《柯亭长短句》刊成，金陵卢冀野声家为之序，　有云："十四五年前，与先生同教授河大。比屋而居，谈艺无间。偶及片玉《瑞龙吟》《兰陵王》《西河》诸词，闻先生论议，一字不忽，一言无废。探寻脉理，昭然不紊，心窃敬之。而先生所以发诸生者，从可知之。所谓能以金针度人者，非耶？"金针度人，予何敢承第。念当时说词，屡以词之义法诏示诸子，俾成为有物、有序、有则之言。岁癸酉，诸子裒集二三年来课卷，有《夷门乐府》之刊。有物之言，虽尚有待，亦既有序有则，斐然成章矣。兹友人见卢序，索阅旧选稿，多耸惠付梓。连年衰病，且兼老懒，颇惮执笔。而广陵老词人哈蓉村先生哲嗣与之，愿独任缮写及校雠之役。因略加诠次，删节以成是编。沟瞀之见，臆断之辞，实不足存。惟狂夫之言，圣人择之一得之愚，或亦识者所不弃也。戊子秋九月蔡嵩云附识。